NUCA
MONTI

Schwesterherzen

Eine für alle, alle für DICH!

Kleiner Tipp von mir:

Den Sticker auf dem Buch kannst du abziehen und überallhin kleben, sooft du willst (z.B. Spiegel, Fenster ...) – oder einer deiner Schwesterherzen schenken!

Deine Bonnie

Lucy Astner wurde 1982 in Hamburg geboren. Sie mag es, Schokolade zu essen, Trampolin zu springen und zu lachen, bis der Bauch wehtut. Und eben weil sie selbst so gerne lacht, hat sie ihr Hobby zum Beruf gemacht und schreibt Drehbücher für Kinofilme, mit denen sie viele andere Menschen zum Lachen bringt. Mit ihren vier Kindern und ihrem Mann lebt sie heute mitten in Hamburg-Eimsbüttel – und hat sich schon als Kind sehnlichst eine Schwester gewünscht! Weil Schwestern nämlich IMMER zusammenhalten! Bäm!

SCHWESTER HERZEN

EINE FÜR ALLE
ALLE FÜR
DICH!

Ein Kinderbuch von ~~Lucy Astner~~
Bonnie van Cloyd ☺

PLANET!

Bitte ankreuzen:

Ich hab mir **SCHON IMMER** eine Schwester gewünscht, weil …

- [ ] … ich seit ewigen Ewigkeiten spüre, dass etwas **VOLL WICHTIGES** fehlt in meinem Leben (neben dem brandneuen iPhone, einem eigenen Pferd und einer Einladung zur Oscar-Verleihung!)

- [ ] … ich endlich eine Verbündete brauche, die mit mir durch dick und dünn geht (und mich die Mathehausaufgaben abschreiben lässt!!!)

- [ ] … ich bisher nur Brüder habe! Und die sind ungefähr so süß wie ein **fleischfressender Zombie-Hamster** mit sieben Beinen und einer Kartoffelnase am Hintern! Wäääääääh!!!

- [ ] … ich endlich jemanden an meiner Seite haben will, der meinen Eltern erklärt, dass es für eine Zwölfjährige ~~nicht~~ **ABSOLUT KEIN BISSCHEN AKZEP-**

TABEL ist, sich ihr Zimmer mit ihrem voll bekloppten Zwillingsbruder zu teilen (und dass man mit zwölf eben doch schon ein eigenes Handy braucht! Aber echt!!!)

☐ … hä?! Schwester?! Eigentlich will ich gar keine Schwester. Ich hab dieses Buch nur aufgeschlagen, weil meine Eltern wollen, dass ich endlich mal was lese. Sonst starre ich nämlich immer nur in die Glotze und schiebe mir Erdnüsse in die Nase …*

*Anmerkung von der (bald-)Bestsellerautorin Bonnie: Glaub mir, wenn du dieses Buch gelesen hast, willst du **EBEN DOCH** eine Schwester haben! Weil Schwestern immer, immer, IMMER zusammenhalten! Das ist so eine Art Naturgesetz, stärker als Wind, Hagel und der voll fürchterliche Mundgeruch von Mathelehrer Strunz. Urgs! Und jetzt halt dich lieber fest, damit du beim Lesen nicht wegfliegst. Die SCHWESTERHERZEN rocken nämlich wie ein Tornado der Stufe **OBERMEGAFANTASTISCH.** BÄM!

KAPITEL 1

Wer ich eigentlich bin und was ein Pferd mit dieser Geschichte zu tun hat

Alles fing damit an, dass das Leben mal wieder **voll monstermäßig** ungerecht war! Wenn es irgendwo auf der Welt auch nur einen winzigen Funken Gerechtigkeit geben würde, sähe mein Leben nämlich auf jeden Fall SO aus:

- mit einem eigenen Pferd im Garten
- einem glänzenden Hollywood-OSCAR im Regal
- und vor allem: **OHNE BRÜDER!!!**

Nicht dass ihr mich jetzt falsch versteht, ich habe nichts gegen Jungs. Hugo Hartmann aus der 7b finde ich sogar ganz süß … *Aber pssst, nicht weitersagen!!!*

Nur das, was Mama und Papa mir da aufgehalst haben, ist einfach zu viel! Ich habe nämlich nicht **einen** Bruder, nicht **zwei,** nein: Ich habe **DREI** Brüder! Und die sind ungefähr so nett, wie Rosenkohl lecker ist. Würg!

Aber wahrscheinlich sollte ich mich erst mal vorstellen: Mein Name ist Bonnie, ich bin (seit zwei Wochen!) zwölf Jahre alt und gehe in die sechste Klasse der Mechthild-Meckermann-Schule.

Was ich **voll gut** kann, ist:

- schreiben (deshalb wurde auch ICH auserkoren, unsere Geschichte aufzuschreiben, und nicht Monti – die kann nämlich nicht mal ihren eigenen Namen buchstabieren! HA!)
- mich gegen Monti mit Faule-Eier-Stinke-Spray verteidigen, wenn sie das hier liest!
- Pläne schmieden und ein supergeheimes Geheimteam zusammentrommeln
- einen Löffel mit Pudding so zielgenau schleudern, dass der Schokomatsch zwischen den Augen meiner Brüder landet. YES!!!

Was ich leider ~~überhaupt~~ nicht so gut kann, ist:

- Mathe und alles, was mit Zahlen über drei zu tun hat (Hinweis für meine Eltern: Wenn ich endlich ein iPhone bekommen würde, könnte ich einfach den Taschenrechner benutzen ☺)
- mein Zimmer aufräumen und Dinge wiederfinden, von denen ich gestern noch **GANZ GENAU** wusste, wo sie waren …
- eine ganze Mathestunde lang die Luft anhalten, um dem monstermäßigen Mundgeruch von Stanislaus Strunz zu entgehen. Bääääh!!!
- meinen Eltern erklären, dass ich wirklich **DRINGEND** ein eigenes Pferd brauche, damit ich eine glückliche Kindheit habe! Sonst ende ich später nämlich als einsame alte Frau, die in einer Wohnung mit 72 Nacktkatzen lebt und sich von Mottenkugeln ernährt! Und das können die echt nicht wollen, oder?!

Und damit wären wir auch schon beim Auslöser dieser ganzen Geschichte.

Keine Sorge, ich habe noch nie eine Mottenkugel aufgegessen (nur einmal kurz dran geschleckt, weil ich eine ganz megamiese Wette verloren hatte – buäääh!!!).

Es geht um das PFERD.

Ein eigenes Pferd wünsche ich mir nämlich schon ungefähr so lange, wie ich hoffe, dass meine bekloppten Brüder in einen Zauberbrunnen fallen und als Mädchen wieder rauskommen. Also quasi **SEIT IMMER!**

Dummerweise konnte ich meine Mama bisher noch nicht von meiner ~~echt oberriesengroßen~~ Not überzeugen. Die stellt einfach jedes Mal **VOLL AUF STUR**, wenn ich das Thema anschneide. Typisch Mutter …

„Ich kenne kein Mädchen in deinem Alter, das ein eigenes Pferd hat!“, hat sie erwidert, als ich sie am Montagmorgen vor ein paar Wochen mit meinem **allerallerniedlichsten Bettelblick** angeblinzelt habe.

„Ich kenne auch kein Mädchen in meinem Alter, das DREI Brüder hat“, habe ich gekontert und vorsichtshalber einen sehr, SEHR leidvollen Seufzer ausgestoßen. „Es wäre doch nur gerecht, wenn ich auch mal Glück hätte, findest du nicht?“

Aber Mama hat nur den Kopf geschüttelt und eine weitere Scheibe **GLIBBER-PISTAZIEN-MORTADELLA** auf mein Schulbrot geklatscht. Ürgs …

„Vergiss es, Bonnie. Wo sollte denn so ein Pferd überhaupt stehen?"

„Im Garten."

„Wir haben aber keinen Garten!"

„Wir könnten ja **umziehen**", hab ich vorgeschlagen und dabei ganz zuckersüß gegrinst. „Dann könnte ich auch endlich ein **EIGENES** Zimmer bekommen."

Mama hat nur mit den Augen gerollt und die Brotdose in meinen Rucksack gestopft.

„Komm schon!", hab ich protestiert und die Brotdose wieder rausgeholt, um die GLIBBERWURST vom Brot zu zupfen. Igitt! „Wie soll ich mich denn bitte normal entwickeln, wenn ich immer nur auf der SCHATTENSEITE des Lebens stehe? Du sagst doch selbst immer: Jedes Kind verdient eine **faire Chance!**"

Meine Mama ist nämlich Lehrerin. Und zwar an meiner Schule. (Hatte ich schon erwähnt, dass das Leben ECHT MONSTERMÄßIG ungerecht ist?!) Und tatsächlich hat Mama für (fast) jeden Schüler Verständnis. **NUR FÜR MICH NICHT!** Grmpf ...

„Bloß weil du kein eigenes Pferd hast, stehst du noch lange nicht auf irgendeiner SCHATTENSEITE!", hat sie behauptet und mahnend den Lehrerfinger gehoben. „Sieh dir deinen Vater an! Er hatte als Kind auch kein Tier, und es ist trotzdem was aus ihm geworden!"

Wie auf Bestellung ist in diesem Moment mein Papa durch die Küchentür geplatzt. Bis auf die Tiroler Lederhose, die sich wie ein super-SUPER-enger GUMMIHANDSCHUH um seinen Bauch und Hintern gespannt hat, war er dabei **ziemlich nackt** – und Mama ziemlich fassungslos. Hihi.

„Ist das … etwa *Leberwurst* unter deinen Augen, Willem?!"

Papa hat genickt und sich zufrieden die Finger unter die Hosenträger geklemmt.

„Ich hab gehört, frische Leberwurst ist gut gegen Augenringe. Wenn ich nächste Woche wieder vor der Kamera stehe, muss ich TOPFIT aussehen. Ich glaube, in dieser Staffel entwickelt sich meine Figur zu einer echten Hauptrolle!" Ist klar …!

Ich konnte natürlich nicht anders und musste erst mal **LAUT LOSLACHEN.** „Wenn du in dieser Hose vor die Kamera trittst, entwickelt sich deine Figur höchstens zu einer *Speck*rolle, Papa!"

Ihr müsst wissen: Mein Papa ist nämlich ein echt berühmter Schauspieler! Na ja, so richtig berühmt ist er im Moment noch nicht. Aber das liegt nicht an seinem Talent, sondern daran, dass Letzteres „**chronisch unterschätzt**" wird. Meint Papa zumindest ...

Immerhin hat er seit zwei Jahren eine Rolle in der voll beliebten Bergserie „DER BUBIKOPF VOM GUGLHOPF". Die Hauptrolle hat er leider nicht bekommen, aber er spielt den Stallburschen vom Nachbarn der Cousine des stellvertretenden Hausmeisters der Hauptfigur – und das ist schon eine wichtige Rolle! Deshalb versteht Papa auch ~~nur wenig~~ **ABSOLUT KEINEN** Spaß, wenn es um seinen Job geht! Oder um seine Speckrollen. Typisch Vater ...

Also hab ich gar nicht erst versucht, ihn an diesem Morgen auf meine Seite zu ziehen, um mir bei der Sache mit dem Pferd zu helfen. Stattdessen habe ich beschlossen, die Angelegenheit einfach **selbst in die Hand** zu nehmen und mir einen Job zu suchen! Basta!

Meine Idee war nämlich ebenso simpel wie genial: Wenn ich genug Geld hätte, könnte ich mir **EINFACH EIN PFERD** kaufen und keiner würde was dagegen sagen können! Ätsch!

~~KAPITEL 2~~

Baby mit Bart

Ich musste ~~voll lange~~ AUCH GAR NICHT LANGE überlegen, was für ein Job für mich infrage kommen würde. Als Mathenachhilfelehrer war ich leider nicht zu gebrauchen … Und Hunde wollte ich nicht ausführen. (Ich hatte nämlich absolut kein bisschen Lust, ihre Stinkehaufen in Plastiktüten aus dem Gebüsch zu fischen. Iiiiiek!)

Nein, es gab nur **einen** Job, für den ich besser geeignet war als jede andere Sechstklässlerin auf dem ganzen weiten Planeten, und zwar als:

BABYSITTERIN!

Denn mal unter uns: Wer **DREI** Brüder überlebt, wird ja wohl mit einem einzigen klitzekleinen Baby klarkommen, oder?!

EBEN! Und genau deshalb hab ich anschließend auch ~~fast~~ so ziemlich **jeden** Laternenpfahl in der Nachbarschaft mit meiner ~~hammermäßigen~~ Anzeige vollgekleistert:

Ich (zwölf, bald Pferdebesitzerin, voll
schlau und gut aussehend) suche einen Job
als Babysitterin. Ich bin ~~meistens~~ IMMER
sehr freundlich und erfahren im Umgang
mit ~~kackstinkfrechen~~ obersüßen Kindern.
PS: Ich nehme SOGAR Jungs!!!
Bitte anrufen bei BONNIE VAN CLOYD –
aber nicht auf dem Handy, weil ich nämlich
IMMER NOCH keins hab!

Darunter hab ich dann unsere Festnetznummer aufgeschrieben. Was natürlich eine **total blöde** Idee war … Seufz.

Wir sind nämlich so ziemlich die **einzige** Familie auf diesem ~~ganzen verrückten~~ Erdball, die KEIN schnurloses Telefon besitzt, das man einfach bequem überall mit hinnehmen kann, nein:

Unser Telefon hängt **FEST VERKABELT** an der Wand neben der Küchentür! *Voll blöd!*

Papa meint, das Telefonieren wäre dadurch so ungemütlich, dass man es möglichst kurzhalten und eine Menge Geld sparen würde. (Und dabei habe ich schon mindestens siebzehnmillionen Mal versucht, ihm zu erklären, was eine FLATRATE ist! *Aaaargh!!!*)

Na ja, mit dem **Ungemütlich** hatte er jedenfalls recht. Ich musste nämlich ~~ungefähr~~ mindestens eine Woche neben dem Telefon rumhängen und warten, bis endlich Nucas Mutter anrief, um mich als Babysitterin zu buchen.

Nuca ist auch zwölf, ~~wiegt etwa zweihundert Kilo~~ isst für ihr Leben gerne **Sahnetorte** und geht in meine Klasse.

Natürlich rief ihre Mama nicht an, weil ich auf Nuca aufpassen sollte, sondern auf ihren kleinen Babybruder.

„Fridolin ist ein wahnsinnig pflegeleichtes Kind, es sei denn, er hat **HUNGER**, ein **STINKERCHEN** in der Windel oder das Gefühl, man würde ihm zu wenig **AUFMERKSAMKEIT** schenken", erzählte Frau Leipolt, während sie mir an unserer Wohnungstür Nucas ~~dicken~~ kleinen Babybruder in den Arm drückte. *Uff!*

„Du darfst ihn auf keinen Fall aus den Augen lassen, hörst du? Auf **keinen, keinen** Fall! Nicht mal für eine winzig kleine Sekunde!"

Erst als die Tür zwischen uns ins Schloss fiel, kam mir der Gedanke, warum Nuca eigentlich nicht auf ihren Bruder aufpassen wollte, immerhin gab's dafür ZWANZIG KRÖTEN ...

Im nächsten Moment fing Fridolin an zu schreien. Und da wurde mir plötzlich **SO WAS VON KLAR**, warum Nuca mit der Sache nichts zu tun haben wollte: Klein-Fridolin war nämlich eine

HORRORMONSTERKREISCHMASCHINE!!!

Kennt ihr das Geräusch, wenn eine Kreissäge versucht, einen **Stahlpfosten** zu zerlegen, und überall so Funken sprühen und ihr das Gefühl habt, ein ~~mittelgroßer~~ voll gefährlicher D-BÖLLER zerreißt euch das TROMMELFELL?!

So ~~ungefähr~~ klang Fridolin!

Eine ganze Stunde versuchte ich, ihn zu beruhigen, aber er schrie … **und schrie … UND SCHRIE!!!**

Mama verdrehte nur oberlehrerhaft die Augen, als ich hilflos zu ihr ins Arbeitszimmer trippelte. Tss.

„Du wolltest ja unbedingt einen Job, Bonnie. Jetzt musst du die Suppe auch auslöffeln! Das gehört nun mal dazu, wenn man erwachsen sein möchte …"

Bla bla blabsikowski!

Zu gerne hätte ich Mama in diesem Moment auch einen **obersuperschlauen** Lehrerspruch um die Ohren gehauen, warum diese zappelnde Alarmanlage ja mal **NULL KOMMA GAR NICHTS** mit *„erwachsen sein"* zu tun hatte – aber mir fiel einfach nichts Gutes ein … Mistekiste.

Außerdem hätte sie mich vermutlich eh nicht verstanden, weil Fridolin so laut gebrüllt hat …

„Könntest du wenigstens eine klitzekleine Minute auf ihn aufpassen, damit ich mal schnell aufs Klo kann?!", hab ich ihr zugeschrien und da hat sie tatsächlich sehr großzügig genickt. Hurra!

„Leg ihn dahinten auf die Decke! Aber in zwei Minuten bist du wieder zurück, **verstanden?**"

Alter Falter! Ich kann mich nicht daran erinnern, wann ich mich **JEMALS ZUVOR IN MEINEM LEBEN** so sehr darüber gefreut hab, auf einer Toilette zu sitzen. Eigentlich musste ich gar nicht ~~wirklich pinkeln~~ so dringend, aber jetzt fand ich jede Sekunde auf der Klobrille **obermegafantastisch!** Tschakalaka!

Plötzlich fiel mir aber was noch Besseres auf:

Fridolin hatte aufgehört zu schreien!

Hatte Mama ihn etwa beruhigt? Oder ihn zum SCHLAFEN gebracht?! BitteBitteBitteLieberGottImHimmelMachDassDerKreischhalsSchläft!!!

Ich zog mir jedenfalls **flitzemäßig schnell** die Hose hoch und hüpfte aus dem Bad.

Doch als mein Blick ins Arbeitszimmer fiel, sah ich sofort, dass hier irgendwas GANZ GEWALTIG nicht stimmte. Mama saß nämlich gar nicht mehr an ihrem Schreibtisch. Stattdessen stolperten meine **voll bekloppten Brüder** aus dem Raum und gluckste vor sich hin, bevor sie sich ganz schnell in Vitos Zimmer einschlossen.

Und als ich Fridolin erblickte, wusste ich auch, warum

sie lieber die Tür hinter sich verrammelten: Nucas Babybruder hatte aufgehört zu weinen, ja, aber dafür leuchtete jetzt ein FETTER SCHWARZER EDDING-BART – mitten in seinem **Sabbergesicht!!!**

KAPITEL 3

Eine Schwester muss her! – Ach was, am besten gleich ein ganzes Rudel Schwestern!!!

„Sie haben Nucas Bruder einen ***Bart*** ins Gesicht gemalt?!"

Smilla fiel fast die Brille von der Nase, als ich ihr von dem Vorfall erzählte. Plumps.

Ich kniff die Augen zusammen. „Mit EDDING!!! Ich hab **zwei Stunden** versucht, die Farbe abzurubbeln, aber da war **NULL KOMMA GAR NICHTS** zu machen."

Smilla schluckte ganz laut. Ihr Hals war wahrscheinlich so trocken wie eine von diesen **supersuperheißen** Sandwüsten.

„Und … Nucas Mutter?"

Ich verschränkte trotzig die Arme vor der Brust. „Die zwanzig Euro konnte ich mir natürlich abschminken. Und ich hab voll den **megamiesen Anschiss** bekommen! Dabei bin ich ja wohl kein bisschen schuld an der ganzen Sache!" Ist so!

Smilla nickte verständnisvoll. „Natürlich nicht. Du hattest deiner Mutter die Aufsichtspflicht übertragen. Und deine minderintelligenten Brüder haben den Bart gemalt. Du bist ganz eindeutig unschuldig, **in allen Punkten der Anklage!**"

„Eben!" Endlich mal jemand, der mich verstand! Erleichtert ließ ich mich in Smillas Knisterteppich sinken …

Ihr müsst wissen: Smilla ist meine **allerallerallerbeste Freundin auf der ganzen weiten Welt**. (Also meine AAABFADGWW!)

Außerdem ist sie schlau. Nicht einfach nur ein **bisschen** schlau oder **ziemlich** schlau, nein: MONSTERMÄßIG SCHLAU! Ein Gehirn auf zwei Beinen sozusagen. Wenn ihr unter „Gehirn" in einem Lexikon nachschaut, findet ihr da garantiert Smillas Foto! Echt jetzt!

Weil sie so schlau ist, hat sie vor zwei Jahren eine Klasse übersprungen. Für mich ist das total der **oberriesengroße Glückstreffer!** Sonst würde Smilla nämlich gar nicht in meine Klasse gehen und könnte nicht meine AAABFADGWW sein! Und dann hätte ich niemanden, von dem ich in den Mathearbeiten abschreiben könnte und der mir sagt, dass ich **WIE IMMER UNSCHULDIG** bin an all dem Unrecht, das mir geschieht! Jawohl!

Leider gibt es auch ein paar Dinge, die ~~mächtig doof~~ nicht ganz so toll daran sind, dass Smilla eine Klasse übersprungen hat:

1. Smilla ist erst zehn Jahre, elf Monate und drei Tage alt – und egal wie sehr sie sich anstrengt: Sie ist immer die **Jüngste und Kleinste** in der Klasse! Voll fies!

2. Das, was Smilla ZU VIEL hat, ist bei ihrem Bruder ZU WENIG. (Heißt im Klartext: Leo Kowalke ist ungefähr so schlau wie eine Scheibe Weißbrot. Also null Komma gar nicht!)

3. Smilla geht in **dieselbe** Klasse wie ihr Bruder. Das heißt, ich gehe auch in **dieselbe** Klasse wie ihr Bruder! (Hatte ich schon erwähnt, dass Leo Kowalke ~~so blöd~~ weniger intelligent ist als sein Pausenbrot ...?)

4. Manchmal ist Smilla so schlau, dass ich ~~nur ganz wenig~~ **keinen blassen Schimmer** habe, wovon sie

eigentlich spricht … (Ich nicke dann einfach und tue so, als hätte ich genau dasselbe auch gerade sagen wollen! Aber pssst ☺)

Diesmal war es aber ausnahmsweise Smilla, die keine Ahnung hatte, wie wir die Sache mit dem Edding-Bart klären konnten.

Mit ihrem **alleroberangestrengtesten Nachdenkblick** ließ sie sich neben mich in den Knisterteppich sinken.

Ihr müsst nämlich auch noch wissen: **Smillas Knisterteppich** ist ~~wahrscheinlich~~ auf jeden Fall der coolste Teppich der Welt! Wenn man eine Weile darauf liegt und dann wieder hochkommt, stehen die Haare in die Luft, als hätte man seinen Finger in die Steckdose gesteckt. (Bitte das mit der Steckdose ~~nicht~~ AUF KEINEN FALL ausprobieren!!!) Außerdem kann man hinterher Stromschläge verteilen und dabei entstehen die **SUPEROBERALLERBESTEN IDEEN!** Ich schwöre!

Meine Mama meint leider, Smillas Teppich wäre „so ziemlich der größte Polyesterschrott der Welt" und will mir deshalb keinen kaufen … Total ungerecht!!! Dabei bin ich mir ~~fast~~ **ganz sicher,** dass der Knisterteppich der

Grund ist, warum Smilla so **OBERRAKETENMÄßIG schlau** ist! Oh ja!

Als ich jetzt nämlich aus den aufgeladenen Teppichfusseln hochfuhr, kam mir plötzlich der weltallerriesenbeste Gedanke seit der Erfindung der elektrischen Zahnbürste:

„Ich brauche eine Schwester! Ach was, am besten gleich ein ganzes Rudel Schwestern!"

Smilla sah mich an, als hätte ich gerade einen echt lebendigen und voll glibberigen Regenwurm verschluckt.

„Du willst, dass deine Eltern **NOCH MEHR** Kinder kriegen?!" Dann rückte sie sich mächtig ernst ihre Brille zurecht. Blinzel, blinzel.

„Dir ist schon klar, dass das statistische Risiko für die Verschmelzung der Zygote mit einer Samenzelle, die männliches Erbgut beisteuert, bei ***fünfzig Prozent*** liegt?!"

Wahrscheinlich sah mein Gesicht in diesem Moment aus wie ein riesengroßes HÄ?!?, denn ganz ohne dass ich was sagen musste, fing Smilla an, den Satz für mich zu übersetzen: „Bonnie! Es ist sehr, sehr wahrscheinlich, dass du dann NOCH EINEN BRUDER bekommst!!!" Und dabei klang sie ~~fast ein bisschen~~ **monstermäßig** hysterisch …

Ich schüttelte den Kopf. „Spinnst du?! Ich will nicht, dass meine Eltern noch mehr Babys kriegen. Die Sache mit Fridolin hat mir voll gereicht!" Und wie!!!

Offenbar funktionierte der Knisterteppich heute nur bei mir, denn jetzt war es Smillas Gesicht, das aussah wie ein **großes Fragezeichen.**

„Aber … wie willst du dann eine Schwester bekommen?"

Ich sprang auf die Beine und versuchte dabei auszusehen wie eine von diesen supercoolen Superheldinnen, die gerade ~~DREI~~ MINDESTENS HUNDERT Katzenbabys aus einem brennenden Hochhaus gerettet hat! „Wer sagt denn bitte, dass eine **Schwester** unbedingt von denselben Eltern abstammen muss?!"

Smilla runzelte die Stirn. „Die Rechtslage zum Beispiel. Und die Genetik …"

„Rechtslage?" Tss! „Ich hab mich noch nie für irgendeine *Gemähtik* interessiert!"

„Ge-NE-tik!", korrigierte mich Smilla.

„Sag ich doch!", gab ich ~~voll~~ **ein kleines bisschen**

klugscheißerisch zurück. „Ich mein's ernst, Smilla: Ich seh das gar nicht ein, dass ich keine Schwester haben kann!" Entschlossen verschränkte ich die Arme vor der Brust. „Wenn meine Eltern es nicht hinkriegen, mir eine Schwester zu machen, dann besorg ich mir eben selbst eine! Wenn das mit dem Pferd schon nicht auf Anhieb geklappt hat ..." Grmpf.

Nachdenklich setzte Smilla sich auf dem Teppich auf. „Ich weiß nicht, Bonnie. Meinst du, man kann sich einfach so eine Schwester besorgen?"

„Klar!", sagte ich und rollte ~~voll~~ ein bisschen **oberlehrerhaft** mit den Augen. „Schau dir doch die Amigos an!"

Die AMIGOS muss ich euch jetzt wahrscheinlich mal vorstellen, weil sie später in dieser Geschichte noch eine ~~megariesige~~ klitzekleine Rolle spielen.

Eine Sache gleich vorweg: Die Amigos sind **KEINE** Schwestern! (Sie sind ja nicht mal Mädchen. Leider ...)

Der FC AMIGO ist der Fußballklub, der nachmittags auf dem Sportplatz unserer Schule trainiert. Das alleine wäre ja nicht schlimm, ich hab nichts gegen Fußball.

Ehrlich! Schlimm ist nur, dass so ziemlich **ALLE BEKLOPPTEN JUNGS** aus unserer Nachbarschaft bei den Amigos mitspielen!

Zu diesen bekloppten Jungs gehören:

- meine drei unfassbar vollblöden Brüder Vito, Neo und Luke
- Smillas „minderintelligenter" Bruder Leo
- Kolja ~~Kacknase~~ aus der 6c
- Oskar-der-Oberochse Dombrowski (sein Vater ist Schlachter – iiiek!!!)
- Xaver Lindberg vom Besserwisser-Gymnasium
- und ein gigantisch großer Haufen weiterer Vollpfosten …

Natürlich gibt es nichts dagegen einzuwenden, dass sich eine Gruppe **dämlicher** Jungs zusammentut, um einen **dämlichen** Ball in ein **noch dämlicheres** Tor zu schießen. Wenn diese Jungs aber nicht nur auf dem Fußballfeld zusammenhalten, sondern auch sonst überall gemeinsam den allerblödesten Mist verzapfen und sich gegen uns Mädchen verschwören, dann, oh ja, **DANN** … gibt es **sehr wohl etwas dagegen einzuwenden!!!** Und zwar 'ne ganze Menge!

„Die Amigos halten einfach immer zusammen!", erklärte ich Smilla trotzig. „Überleg mal: Für Oskar spielt es überhaupt keine Rolle, ob Luke sein Bruder ist oder nicht. Im Ernstfall haut er trotzdem jedem eine rein, der seinen *Amigo* beleidigt! Und dafür müssen sie nicht mal dieselben Eltern haben! **Warum kriegen wir Mädchen das nicht hin?**"

Smilla blinzelte mich ~~voll~~ ein bisschen irritiert an.

„Du willst, dass wir anderen eine **reinhauen**?"

Ich verdrehte die Augen extralange, auch auf die Gefahr hin, dass sie dann für immer so bleiben würden. Mir egal!

„Quatsch! Ich will, dass wir auch so **zusammenhalten** wie die Jungs! Ich will, dass wir Mädchen einander VERTEIDIGEN und HELFEN! Immer und überall!" Ich legte meine Hände auf Smillas Schultern. „Wir sind vielleicht keine Schwestern im Blut, Smilla, aber Schwestern im Herzen!" Und dann sah ich ihr ganz, ganz tief in die Augen und grinste. „Wir sind SCHWESTERHERZEN!" BÄM!

~~KAPITEL 4~~

Ein Onkel namens MICHAEL JACKSON

Obwohl Smilla **zu hunderteins Prozent auf meiner Seite** war, hatte sie am nächsten Morgen **mächtig Schiss.**

Es ist nämlich so: Wenn man ziemlich viel schlauer ist als alle anderen, denkt man ~~meistens~~ auch ziemlich viel mehr nach als alle anderen. Und dann fallen einem auch ziemlich viel mehr Dinge ein, die **schiefgehen** könnten. Deshalb kann ich auch ~~nur selten~~ **ABSOLUT NICHT ZUSTIMMEN**, wenn Mama sagt: *„Denken hilft!"* Weil Denken ~~manchmal~~ oft eben auch **voll nach hinten** losgeht! Ist so!

Smilla jedenfalls hatte offenbar noch mindestens die ganze Nacht nachgedacht, nachdem wir unseren Zettel geschrieben hatten.

„Was ist, wenn sich die anderen über uns lustig machen?"

Ich schloss mein Fahrrad an der Mauer auf dem

Schulhof an. „Wer niemals was wagt, kann auch NIEMALS WAS GEWINNEN. Vor allem keine **SCHWESTER!**"

Ich grinste Smilla an. „Das ist übrigens der erste Punkt im Vertrag der Schwesterherzen!" Jawohl!

Smilla klammerte sich an ihrem Rucksack fest. „Die Schwesterherzen haben einen *Vertrag?*"

„Natürlich haben wir einen Vertrag! Das ist unser **Ehrenkodex,** sozusagen!"

„Und was steht da drin ...?"

„Zum Beispiel, dass wir bei jeder Gelegenheit etwas wagen sollten, weil wir sonst nämlich **null Komma gar nichts** gewinnen können!" Lachend schob ich Smilla auf das Schulgebäude zu.

Leider war sie noch immer nicht beruhigt ... Stattdessen kratzte sie sich ~~voll hektisch~~ ziemlich nervös an der Nasenspitze.

„Also gut. Mal angenommen die anderen lachen uns nicht aus. Wer sagt dann, dass auch die richtigen Mädchen bei den Schwesterherzen mitmachen wollen?"

„Mensch, Smilla! Ich glaub, du hast das alles echt noch **kein bisschen** verstanden!" Ich rollte fassungslos mit den Augen. (Insgeheim war ich aber mächtig stolz, dass ich diesen Satz auch endlich mal sagen konnte, weil das sonst nämlich immer andersrum war. Yes!!!)

„Bei den Schwesterherzen gibt es **kein Richtig und kein Falsch.** Das ist doch gerade der Punkt bei der ganzen Sache! Jedes Mädchen, das sich eine Schwester wünscht und bereit ist, den Schwur zu leisten, darf bei den Schwesterherzen mitmachen und ist eine von uns!" Basta!

„Wir haben einen Schwur?"

„Noch nicht", gab ich kleinlaut zu. „Aber wir werden einen haben. Sobald mir was Gutes eingefallen ist."

Leider fiel mir im nächsten Moment überhaupt nichts Gutes mehr ein, weil ich voll monstermäßig in Nuca reinrannte und auf den Boden knallte. Autsch ...

In Nuca reinzurennen ist nicht schwer, weil sie ~~so dick~~ ein bisschen kräftiger gebaut ist. Blöd war nur, dass **gerade in diesem Augenblick** Monti an mir vorbeispaziert ist. Grmpf.

„Hey, Pudelkopf!", hat sie gesagt und dabei ~~ein bisschen blöd~~ TOTAL OBERAFFENDÄMLICH gegrinst. „Hast du jetzt auch schon so schlechte Augen wie deine blinde Kindergartenfreundin?"

Mit *Kindergartenfreundin* meinte sie natürlich Smilla.

Dabei hab ich in keinem Kindergarten der Welt **jemals** ein zehnjähriges Mädchen gesehen! Ihr etwa?!

Und mit *Pudelkopf* meinte sie wohl (leider) mich …

Ich hab euch zwar schon erzählt, **wer** ich bin und **was ich alles voll gut kann** – aber noch nicht, wie ich aussehe …

Dabei will ich von vornherein klarstellen, dass Monti riesenmäßig übertreibt und ~~nur selten~~ ÜBERHAUPT KEIN BISSCHEN recht hat! Und wer das jetzt nicht glauben will, kann das Buch hier gleich wieder zuschlagen und sich stattdessen dicke alte SCHRUMPELMÄNNER aus der Nase ziehen! Selber schuld!!!

Die Wahrheit sieht folgendermaßen aus: Meine Mama ist nicht nur Lehrerin, sondern hat auch die weltallerwunderschönsten glatten blonden Seidenhaare! Ungelogen!

Mein Papa hingegen ist Holländer.

Was jetzt nicht unbedingt schlecht ist …

Die Poffertjes von Oma Trixi sind zum Beispiel DER HAMMER!

Das Problem mit Papa ist nur, dass er kurze orangefarbene Stoppelhaare hat, die sich nur deswegen nicht zu Locken kräuseln, weil er sie **ziemlich, ziemlich kurz** trägt!

Meine Brüder hatten das total ungerechte Glück, Mamas Haare zu erben – obwohl sie damit **kein bisschen** was anfangen können, weil sie die Haare nämlich sowieso immer ABSCHNEIDEN! Argh!!!

Ich hatte bei der Verteilung des Erbes leider kein Glück. War klar, oder?

Wenn Monti mich also *„Pudelkopf"* nennt, dann meint sie damit, dass die **orange leuchtenden Locken** auf meinem Kopf ~~ziemlich oft~~ ganz gelegentlich so aussehen, als wäre ein PUDEL in einen Küchenmixer gefallen. Was natürlich voll, voll, **VOLL** übertrieben ist! Hatte ich schon erwähnt, dass Monti immer übertreibt?!

Auf jeden Fall konnte ich Montis blöden Kommentar jetzt gerade überhaupt **null Komma null** gebrauchen. Grmpf.

Nuca wollte mir ihre Hand reichen, aber ich richtete mich lieber GANZ ALLEIN vom Boden auf.

„Wenn hier eine blind ist, dann ja wohl DU!", schimpfte ich und deutete auf die viel zu große Riesensonnenbrille auf Montis Nase. „Brauchst du jetzt schon hier drinnen eine Sonnenbrille, weil du deinen **eigenen Anblick** nicht mehr ertragen kannst?"

Nicht nur Smilla musste jetzt kichern, sondern auch Nuca. Dabei war sie insgeheim bestimmt noch ~~voll~~ ein bisschen böse auf mich, weil ihr Bruder ~~meinetwegen~~ einen wasserfesten **Edding-Bart** hatte …

Nur Monti wollte über meinen Spruch nicht lachen. *War ja klar …!*

Obwohl die Riesensonnenbrille ~~fast~~ ihr ganzes Gesicht verdeckte, konnte ich sehen, wie ihre Stirn plötzlich ganz faltig wurde.

„Das ist **sehr** respektlos, Pudelkopf!", sagte sie und zupfte ein parfümiertes Taschentuch aus ihrem Glitzertäschchen. „Nur zu deiner Information: Ich trage diese Sonnenbrille, weil ich in TRAUER bin!"

Oh, oh. Trauer war nicht gut, nein, gar nicht gut. Auch wenn ich Monti ~~kein bisschen~~ nicht unbedingt ausstehen konnte, tat sie mir irgendwie leid …

Deshalb musste ich jetzt auch mal **vorsichtig nachhaken,** um meinen guten Willen zu zeigen und so. „Wer ist denn gestorben?"

Monti schniefte in ihr Taschentuch. „Mein Lieblingsonkel …"

„Einer aus Amerika?", fragte Nuca, weil Monti ständig und immer von AMERIKA redete!

Ihr müsst nämlich wissen: Monti heißt eigentlich gar nicht Monti, sondern **Montana Jackson.** Weil ihr Vater nämlich ein superstinkreicher Afroamerikaner ist und Monti nicht nur den Namen vererbt hat, sondern auch ~~die weltallerallerschönste~~ ganz passable Schokohaut, ~~die grünsten~~ voll übertriebene Smaragdaugen und ~~die tollsten braunen~~ total durchschnittliche Seidenhaare … (Ich sag doch: Das Leben ist ~~ein bisschen~~ voll megamäßig ungerecht! Die einen haben ALLES und die anderen haben … PUDELHAARE!!!)

Auf jeden Fall nickte Monti jetzt GANZ ERNST hinter ihrer Riesenbrille.

„Ich habe ihn sehr geliebt! Er war ein GENIE! Und noch dazu ein Meilenstein der Musikgeschichte …"

Smilla, Nuca und ich warfen uns einen ~~verwirrten~~ leicht irritierten Blick zu.

„Dein Onkel war Musiker …?"

Monti stieß einen Seufzer aus. „Auch wenn euer **kultureller Horizont** begrenzt ist, habt ihr bestimmt schon mal von meinem Onkel gehört. Michael? Michael Jackson ...? Klingelt da was?"

„Nuca schob sich einen Kaugummi in den Mund.

„Du meinst ... Michael Jackson war dein Onkel?! **DER Michael Jackson?!**"

Monti wollte gerade wieder nicken, aber sie kam nicht dazu. Weil Smilla und ich im nächsten Moment nämlich VOLL LAUT LOSLACHEN mussten.

„Und ob da was klingelt!" Ich verschluckte mich beinahe an meiner eigenen Spucke. Auweia!

Zum Glück konnte Smilla noch sprechen. „Die BLÖDMANNGLOCKEN klingeln! **Ding, ding, ding!!!** Und zwar so laut, dass mein Trommelfell fast platzt!"

Monti nahm sich wütend die Brille ab und funkelte uns an. „Ich habe keine Ahnung, was daran so witzig ist!"

„Ich erkläre es dir gern", kicherte ich und holte Luft. „Erstens war diese fiepende Bohnenstange nie und nimmer dein Onkel!" Nie und nimmer nicht!!!

„Der Typ konnte rückwärtsschweben, und du kannst ja nicht mal vorwärts*laufen!*", ergänzte Smilla glucksend.

„Und zweitens ist der Typ schon seit Jahren tot!",

fuhr ich fort. „Es gibt also keinen Grund, jetzt noch diese **beklloppte Sonnenbrille** zu tragen!" BÄM!

Montis Gesicht wurde plötzlich rot wie ein ~~Affenarsch~~ Pavianpo. Sie presste ihre Lippen aufeinander und sah so aus, als würde sie jeden Moment explodieren! Aber dann setzte sie sich doch nur ihre bekloppte Brille wieder auf und stolzierte an uns vorbei ins Klassenzimmer. Hihi, blöde Ziege ...

~~KAPITEL 5~~

Warum es ~~verdammt schwer~~ nicht so leicht ist, eine Schwester zu finden, wenn Mathemonster Strunz einem die ganze Show vermasselt …

Die erste Stunde fing gleich **von Anfang an schlecht** an. Was nicht anders zu erwarten war, weil es nämlich eine MATHESTUNDE war. Und an Mathe kann man nun wirklich ~~kaum~~ **UNTER GAR KEINEN** Umständen was gut finden!

Das Allerschlimmste an Mathe sind natürlich die ganzen Zahlen. *Voll doof*!

Das Zweitallerschlimmste ist unser Lehrer Stanislaus Strunz. Der hat nämlich den **weltalleroberfurchtbarsten** Mundgeruch. *In echt*!!!

Trotzdem wollten wir die Sache mit unserem Zettel **auf keinen Fall** weiter aufschieben.

„Eine Schwesternangelegenheit darf niemals warten", hab ich Smilla zugeflüstert, als sie meinte, wir sollten unseren Zettel lieber in der nächsten Stunde unter den Tischen durchreichen.

„Ist das auch ein Punkt vom **Schwesterherzen-Ehrenkodex?**", wollte Smilla wissen. Weil: Wer nicht fragt, bleibt dumm.

Ich hab aber nur geheimnisvoll mit den Schultern gezuckt. „Könnte schon sein ..." Und dann hab ich den Zettel auf die Reise geschickt.

Natürlich wollten wir ~~nicht~~ NIE UND NIMMER NICHT, dass die Jungs unseren Brief auffalten und lesen. Deswegen haben wir VOLL SCHLAU obendrauf geschrieben:

Kann mir jemand einen BH für den Sportunterricht leihen? Wenn ja, bitte weiterlesen!!!

Alles, was mit **Mädchenunterwäsche** zu tun hat, finden die Jungs in unserer Klasse nämlich **monstermäßig eklig!** Die würden lieber eine Handvoll Kellerasseln essen, als sich so einen Brief durchzulesen. *Voll kindisch!*

Smilla und ich waren ~~mächtig~~ ein bisschen aufgeregt. Unser Brief hatte es schon an Oskar und Luke vorbeigeschafft und würde gleich bei **Maja Holmbach** ankommen. *Yay!*

Maja war ~~megamäßig~~ ziemlich cool. Was vor allem daran lag, dass ihr Vater der Chef von irgendeiner Schokofirma war. Und eine Schwester, die Zugang zu ~~ein paar Tafeln~~ HAUFENWEISE Schokolade hatte, fanden Smilla und ich ~~obermegafantastisch~~ **schon ganz nett …**

Leider war das Glück nicht auf unserer Seite. Mal wieder …

Denn als Leo den Brief auf Majas Tisch schieben wollte, stieß er dabei ihre **Trinkflasche** um (Argh!!!) und unser Zettel flog auf den Fußboden. Direkt vor die RIESENFÜẞE von Mathemonster Strunz.

„Was haben wir denn da?", säuselte Müffelmund Stanislaus und fischte unseren Brief vom Boden. „Ist das etwa ein **Liebesbrief?**"

Smilla und ich hielten die Luft an. Und zwar NICHT, weil der Mundgeruch so schlimm war (das war er natürlich trotzdem!!!), sondern vor allem, weil Strunz im nächsten Moment anfing, unsere supergeheime Geheimbotschaft aufzufalten und **LAUT VORZULESEN!!!** Waaaaah!

Du hast dir schon IMMER eine Schwester gewünscht? Eine Verbündete, die dich verteidigt, wenn die AMIGOS mal wieder volle Breitseite nerven oder wenn deine Eltern dich KEIN bisschen verstehen?!

Dann mach mit bei den TOTAL GEHEIMEN SCHWESTERHERZEN!

Eine für alle, alle für ~~eine~~ DICH!!!

Erstes total geheimes Geheimtreffen: im Geräteschuppen hinter der Turnhalle, heute um vier!!!

Zum Glück hatten Smilla und ich unsere Namen nicht auf den Zettel geschrieben. Denn jetzt lachte so ziemlich die **GANZE ~~BLÖDE~~ KLASSE** über unseren Brief!

So hatten wir uns die Sache irgendwie nicht vorgestellt. Grmpf …

Und als wäre das alles noch nicht schlimm genug, grunzte jetzt auch noch das Strunzmonster vor Lachen.

„*Schwesterherzen*? Ist das so 'ne Art Mädchenbande?"

Was mal wieder zeigt, dass Mathelehrer ~~nicht viel~~ absolut kein bisschen was vom Leben verstehen!

Die SCHWESTERHERZEN sind schließlich viel, viel mehr als irgendeine blöde Bande! Nämlich: **SCHWESTERN!** Ätsch …!

In der Pause verkrümelte ich mich mit Smilla hinter die Fahrradmauer. Smilla kaute frustriert auf ihrem Müsliriegel rum. „Das ist ja mal **maximal miserabel** gelaufen …"

„Unsinn!", sagte ich und warf einen Blick in meine Brotdose: schon wieder Glibberwurst … Würgs! „Es hätte schlimmer laufen können!"

Smilla warf mir einen Blick zu, der ungefähr Folgendes bedeutete:

WIE ZUR HÖLLE UND IN TEUFELS NAMEN HÄTTE DIE SACHE DENN BITTE NOCH SCHLECHTER LAUFEN KÖNNEN?!

Ich zuckte mit den Schultern. „Immerhin weiß keiner, dass WIR den Zettel geschrieben haben!" Punkt für uns!

Smilla seufzte. „Die Schwesterherzen können wir jetzt jedenfalls vergessen …"

„Spinnst du? Die Schwesterherzen vergessen wir **auf keinen Fall!** Jetzt erst recht nicht!" Um zu zeigen, dass ich wirklich ~~sehr~~ **mordsmäßig** entschlossen war, schleuderte ich mein Glibberwurstbrot in den Schulteich. Platsch!

Smilla runzelte vorwurfsvoll die Stirn. „**Erstens** hast du grad fast eine Babyente erschlagen! Und **zweitens:** Jeder weiß von unserem Geheimtreffen! Wir können da unmöglich hingehen heute Nachmittag! Und wenn wir nicht hingehen, können wir **keine anderen Schwestern treffen!**"

„Und ob wir da hingehen!", protestierte ich. „Wir verstecken uns einfach hinter den Geräten und warten, ob vielleicht doch jemand kommt!"

„Und wenn die AMIGOS uns auflauern?"

Ich grinste. „Geht nicht. Die haben heute Training!" Das hatte ich vorher nämlich schon **total schlau** abgecheckt! HAAAA!

„Ich weiß nicht, Bonnie." Smilla drückte mir ihre **Knabbersalami** in die Hand. „Wenn die Sache schon so schlecht startet, sollten wir sie vielleicht einfach sein lassen ..."

„Schwesterherzen lassen sich niemals und unter keinen Umständen unterkriegen!", verkündete ich. „Das ist Punkt Nummer EINS auf unserem Ehrenkodex!"

„Ich dachte, **Punkt eins** ist, dass wir immer was wagen …?", hakte Smilla nach.

Ich biss in die Salami. „Willst du jetzt klugscheißern oder die WELT VERÄNDERN?"

Und dazu konnte Smilla wirklich nichts mehr sagen.

Zum einen, weil ich natürlich **ABSOLUT** recht hatte! Und zum anderen, weil in diesem Moment Kolja ~~Kacknase~~ über die Fahrradmauer glotzte und seine voll bekloppte Plastikpistole auf uns richtete. Mist …

~~KAPITEL 6~~

DIE brauchen wir im Team!!!

„Ihr seid umzingelt!", schrie Kolja und hinter ihm hörten wir die anderen Amigos lachen. „Wenn ihr nicht bei DREI in den Teich springt, landet eine fette Ladung AMIGOSCHLEIM zwischen euren Augen!" Na super …

Es gibt nämlich noch was, was ihr über die Amigos wissen müsst. Die Jungs spielen nicht nur Fußball und halten zusammen wie Endloskleister, nein, sie haben auch noch ein weiteres **mächtig nerviges** Hobby: SCHLEIM! Igittigitt!!!

Es gibt ja einen Haufen Dinge, die Jungs ~~nicht so gut~~ **absolut kein bisschen** können. Wie zum Beispiel:

- mal zehn Sekunden nicht in der Nase bohren.
- einleuchtend erklären, was an **Fußball** bitte so toll ist.
- irgendwas Essbares so zubereiten, dass man es am Ende tatsächlich auch essen kann!

Obwohl meine total bekloppten Brüder also nicht mal eine Scheibe Knäckebrot ordnungsgemäß schmieren können, sind sie durchaus in der Lage, haufenweise AMIGOSCHLEIM herzustellen. Sie haben dafür sogar ein supergeheimes Geheimrezept. Pfff!

Und in der **dämlichen Plastikpistole** von Kolja ~~Kacknase~~ glitzerte jetzt genau so ein riesengroßer Haufen Ekelglibber. Bäääääh!

Smilla schüttelte trotzdem mutig den Kopf. „Vergiss es! Das traust du dich nicht!"

Kolja legte seinen Finger auf den Abzug und grinste. „Willst du es wirklich **drauf ankommen** lassen, du Babybirne?"

In diesem Moment musste ich ~~voll panisch~~ ein bisschen schlucken. Aber wirklich nur ein **klitzekleines** bisschen. Ich hatte nämlich ABSOLUT KEINE LUST darauf, dass der GLIBBERSCHLEIM in meinem Gesicht landete.

In den Teich springen wollte ich aber natürlich auch nicht. Verflixte Zwickmühle ...

Hinter dem Zaun fing Leo an zu zählen. „Eeeiiins! ZWEEIIIII ...!!"

Unruhig beugte ich mich zu Smilla rüber. „Hast du

nicht gesagt, dein Bruder kann gar nicht bis DREI zählen?!"

„Im Rudel wächst er über sich hinaus!", verteidigte sich Smilla und griff nach meiner Hand.

Doch in dem Moment, in dem wir eigentlich mit einer „*DREI*" rechneten (**und mit einer Ladung Ekelglibber!!!**), pfefferte auf einmal eine mordsmäßig laute Stimme über den Schulhof:

„KOMM SOFORT VON MEINEM FAHRRAD RUNTER, DU BRECHBOHNE! SONST MACH ICH DIR DIE HÖLLE HEIß!!!"

Kolja hielt voll erschrocken die Luft an und tauchte im nächsten Moment hinter der Mauer ab. Schisser ...

Smilla und ich guckten uns ein bisschen verwirrt an, aber dann kletterten wir schnell auf den Vorsprung und schielten über die Mauer:

JOANA PECHSTEIN aus der 6c stampfte mit ihrem obergruftigen Finsterblick auf die Amigos zu!

Offenbar hatte Kolja bis eben noch auf ihrem Fahrradsattel gestanden, um über die Mauer zu schauen.

Jetzt sah er jedenfalls ~~ziemlich~~ **monstermäßig bedröppelt** aus:

„Notfall, Amigos! Alarmstufe DOPPEL-ROT!!!"

In Windeseile ergriffen die Jungs die Flucht. Dabei stolperte Leo (= Idiot!) über einen Fahrradständer und knallte auf Oskar (= Oberochse!).

Aber bevor Joana die beiden **TROTTEL** erreicht hatte, hatten die anderen Amigos ihnen schon aufgeholfen und sie aus der Gefahrenzone gezogen. Schade …

Es gibt jetzt vielleicht ein paar klitzekleine Dinge, die ihr über Joana wissen müsst:

1. Joana wird von allen nur Jo genannt. **„Hilfe, da kommt JO!"** kann man nämlich viel schneller rufen als **„Hilfe, da kommt JO-A-NA!"** Praktisch!

2. Obwohl Jo ein Mädchen ist, sieht sie null Komma kein bisschen wie ein Mädchen aus. Das liegt daran, dass sie immer einen **schwarzen** weiten Pullover trägt und darunter eine **schwarze** weite Hose. Und auf dem Kopf natürlich: eine **schwarze** Wollmütze. Sogar im Sommer! Schwitz!

3. Die Amigos haben **ANGST** vor Jo. Weil sie nämlich echt laut brüllen und echt finster gucken kann. Und außerdem hat sie zu Hause einen **echt fiesen** Monsterhund, der GODZILLA heißt! Voll gruselig …

4. Jo ist erst vor einem Jahr in unsere Stadt gezogen und hängt immer alleine rum. Was wahrscheinlich aber auch irgendwie mit **Punkt 3** zu tun hat …

Jedenfalls waren Smilla und ich jetzt gerade mächtig froh, Jo zu sehen. Als sie unsere Köpfe über der Mauer entdeckte, wirkte sie ziemlich erstaunt. Ich hatte das Gefühl, dass ich irgendwas sagen musste. Weil **große Gesten** eben **große Worte** erfordern und so! Ähem.

Also sagte ich schließlich: „Äääääh … danke!"

Jo kniff die Augen unter ihrer Mütze zusammen. „Wofür?"

„Dass du uns bei den Amigos geholfen hast."

Es sah so aus, als würde Jo einen kurzen Moment darüber nachdecken, auch etwas Nettes zu sagen. Dann zog sie sich die Mütze aber doch lieber noch viel tiefer in die Augen und **grummelte finster:** „Ich hab euch nicht geholfen, klar? Ich wollte nur, dass der Hosenscheißer von meinem Sattel runterkommt!"

Im nächsten Moment drehte sie sich um und trottete über den Hof zurück ins Schulgebäude. Schlurf, schlurf, schlurf.

Smilla sah ihr nach und schüttelte den Kopf dabei. „Die ist echt irre …"

„Irre ***cool!***", stellte ich fest. Und dann: „Die brauchen wir unbedingt bei den Schwesterherzen!"

Smilla blinzelte mich ungläubig an. „Was?!"

Ich sprang von der Mauer und klopfte mir die Hände ab. „Jo ist 'ne ECHTE SUPERWAFFE! Wenn du **so eine Schwester** hast, musst du dich vor nichts mehr fürchten! Vor allem nicht vor den Amigos!"

Smilla hopste in den Kies und sah mich sehr, sehr ernst an. „Wenn du so eine Schwester hast, musst du dich WOHL vor was fürchten! Und zwar davor, dass sie dir bei der nächstbesten Gelegenheit **DIE NASE ABBEIßT!** Mensch, Bonnie!" Sie schüttelte fassungslos den Kopf. „Mit Jo ist echt nicht zu spaßen!"

„Eben!", grinste ich. „Mit den Schwesterherzen schließlich auch nicht!"

Und dann marschierte ich ~~ein kleines bisschen~~ monstermäßig entschlossen zurück in die Schule. BÄM!

~~KAPITEL 7~~

Voll fies in der Falle!

Nach der Schule waren Smilla und ich mächtig hibbelig!

Weil Smilla zwar einen ~~minderintelligenten~~ äußerst dämlichen Bruder hatte, dafür aber nur **EINEN**, hatte sie ein eigenes Zimmer. Total der Luxus!!! Ich hingegen musste mir mein Zimmer mit meinem superbekloppten Zwillingsbruder Neo teilen …

Meine Eltern meinen nämlich, ZWILLINGE würden wie Pech und Schwefel zusammengehören.

Was natürlich der allergrößte Blödsinn auf der ganzen Welt ist!

Ich steh weder auf Pech noch auf Schwefel, und Neo kann ich auch nicht ausstehen. Weil er mich nämlich **NIE** die Mathehausaufgaben abschreiben lässt! Und abends im Hochbett ABSICHTLICH AUF MICH RUNTERPUPST! Buäääh!!!

Und weil klar war, dass wir einen **pupsenden Zwillingsbruder** beim Pläneschmieden kein bisschen gebrauchen konnten, sind wir nach der letzten Stunde lieber zu Smilla nach Hause gegangen.

Smillas Mama war auch da, weil sie nämlich Hausfrau ist. Ich find das ziemlich gut. Smilla eher nicht so ... Sie meint, dass sich eine **EMANZIPIERTE FRAU** nie und nimmer in die „finanzielle Abhängigkeit ihres Ehepartners begeben sollte", was so viel heißt wie: Wenn Smillas Papa sich mal eine andere Frau sucht, guckt Smillas Mama **ganz schön dumm** aus der Wäsche. Weil sie dann nämlich keinen Job hat und kein Geld und keine Wohnung und auch sonst nix. *Voll gemein* ...

Ich glaube aber nicht, dass Smillas Papa sich mal 'ne andere Frau sucht. *Warum auch?* Smillas Mama ist nämlich **echt cool!** Sie kocht jeden Tag die allerleckersten Sachen. Pizza mit Salami und doppelt Käse zum Beispiel. Oder Pommes mit dicken Speckwürstchen! (Nur einmal hat sie Pferdegulasch gekocht!!! *Würgs! Und KREISCH!!!*)

Außerdem erlaubt sie Smilla und Leo, den Fernseher anzumachen, wann immer sie wollen. Und gegen Süßigkeiten hat sie auch nichts!

Das Beste ist aber: Wenn Leo mal wieder MIST baut und Smilla ärgert, sagt sie nicht wie meine Eltern:

„Regelt die Angelegenheit unter euch, ich muss noch

- **~~Arbeiten korrigieren~~**
- **~~Text lernen~~**
- **~~die Wäsche aus der Maschine holen~~**
- **mich in meine superenge Leberwursthose zwängen!"**

Nein, Smillas Mama zieht Leo stattdessen DERART DIE OHREN LANG, dass man sie hinterher problemlos an der Küchenlampe festbinden könnte! Und das ist ja wohl so was von SAUCOOL!

Deshalb kann ich auch ~~wirklich kaum~~ **absolut kein bisschen** verstehen, warum Smilla ständig nach Hinweisen dafür sucht, dass sie als Baby *adoptiert* wurde. Echt nicht …

An diesem Nachmittag war es auf jeden Fall ZILLIONENMAL besser, in Smillas Zimmer über einem Berg Schokoriegel zu sitzen, statt in meinem Hochbett unter einem **pupsenden Zwillingsbruder.** Wir brauchten nämlich sehr, sehr viel (Schoko-)Energie, um unseren Ehrenkodex aufzuschreiben. Bei so was muss man ~~schon ein bisschen~~ **monstermäßig** doll bei der Sache sein, immerhin gilt so ein Kodex hinterher FÜR IMMER UND EWIG! Und das ist ja schon eine ganze Weile …

Um kurz nach drei sprang Smilla dann hektisch vom Knisterteppich auf. **„Wir müssen los!"**

Ich wuschelte meine Locken durch die Teppichfussel. „Ist doch noch viel zu früh …"

Smilla schüttelte den Kopf. „Wenn wir uns im Schuppen verstecken wollen, sollten wir **vor allen anderen** da sein. Falls uns doch jemand ausspionieren will und deshalb schon früher kommt."

Das war natürlich ein überzeugendes Argument und passte ziemlich gut zu Punkt 6 auf unserem Ehrenkodex:

! Schwesterherzen sind den anderen immer einen Schritt voraus und lassen sich nicht auf der Nase rumtanzen! Ätsch! **!**

Vorsichtshalber stopfte ich mir noch eine HANDVOLL SCHOKORIEGEL hinten in die Hosentasche. Konnte schließlich **keiner** wissen, wie lange wir im Geräteschuppen hocken würden …

„Hier stinkt's ja schlimmer als in Vitos Turnbeutel!", japste ich, als wir die Tür zum Geräteschuppen aufstießen. „Vielleicht hätten wir uns doch lieber irgendwo draußen verabreden sollen …" *Puh!*

„Auf keinen Fall!", protestierte Smilla. „Je **größer der Gestank,** desto geringer die Wahrscheinlichkeit, dass sich jemand versehentlich hierher verirrt!"

Das stimmte natürlich. Wer **FREIWILLIG** hier reinkam, musste schon etwas sehr Dringendes suchen. Eine total geheime GEHEIMSCHWESTER zum Beispiel! *Aber pssst!*

Blöd war nur, dass wir uns jetzt noch über eine **halbe Stunde** mitten im MIESESTEN GEMÜFFEL verstecken mussten, bevor es vier war.

Hinter einer großen rostigen Kiste voll mit alten Gartenschaufeln ließen Smilla und ich uns auf den Boden sinken. Zwischen den Schaufelgriffen waren viele dünne Schlitze. Und durch die konnten wir **SUPERSUPERGUT** die Tür des Schuppens beobachten, ohne dass wir selbst entdeckt werden würden! *Voll die Profis!*

Dann passierte: **NICHTS.**

Und zwar eine ganze ~~voll unendlich lange~~ Weile …

Ich rückte nervös auf meinen Knien hin und her. „Wie spät ist es?"

Smilla blinzelte auf ihre leuchtende Armbanduhr. „Gleich zehn nach vier."

„Mist!", motzte ich und ließ mich auf meinen Hintern plumpsen. „Dann kommt wohl echt keiner mehr …"

„Pssst", zischte Smilla und legte sich den Finger auf die Lippen. „Hast du etwa Punkt 4 des **Schwester-herzen-Ehrenkodex** vergessen?"

Ich kratzte mich an der Stirn. *„Ein Schwesterherz belügt nie und nimmer ein anderes Schwesterherz …?"*

„Das ist **Punkt 5!**"

„Schwesterherzen verteidigen einander gegen jede Gemeinheit – vor allem gegen die **Amigos***…?"*

„Mann, Bonnie!" Smilla verdrehte die Augen. „Das ist **Punkt 3!** Die Nummer 4 lautet:

Schwesterherzen geben niemals auf, bevor nicht auch der allerletzte Strohhalm umgeknickt ist!"

„Aber wir hatten VIER UHR auf den Zettel geschrieben! Ich weiß nicht, auf <u>**welchen Strohhalm**</u> du hier noch warten willst!"

Ich jedenfalls hatte eindeutig genug Schuppengestank eingeatmet. Würgs! Doch gerade als ich mich hinter der Schaufelkiste aufrichten wollte, bewegte sich plötzlich **DIE TÜR!**

Smilla zog mich supersuperschnell wieder hinter die Kiste. Zack! „Da kommt jemand!"

Und tatsächlich! Die Tür öffnete sich noch ein klitzekleines bisschen weiter – und dann HUSCHTE jemand durch den engen Spalt ins Innere!

„**Wer ist das?**", flüsterte ich Smilla obermegaleise zu, aber sie hatte auch keine Ahnung. Mehr als ein schwarzer Schatten, der ein paarmal nach links und nach rechts sah, war nicht zu erkennen.

Zu den Amigos gehörte der Schatten <u>jedenfalls ganz sicher nicht</u>, denn die wären hier mit PAUKEN UND TROMPETEN reingeplatzt.

Smilla und ich kniffen neugierig die Augen zusammen und linsten zwischen den Schaufelstielen hindurch. Voll detektivmäßig!!!

Es sah so aus, als wollte der Schatten gerade aus

dem Schuppen rausschleichen, da hörten wir **SCHON WIEDER** Schritte von draußen!

„Mist, Mist, Mist!", zischte der Schatten und hüpfte hastig hinter eine **aussortierte alte Holztür,** die an der einen Schuppenwand lehnte.

Smilla und ich hielten die Luft an.

Dann öffnete sich die Schuppentür ein weiteres Mal …

Diesmal viel weiter als nur einen schmalen Spaltbreit …

Und im nächsten Moment ertönte eine leise Stimme: „Hallo? Ist da jemand …?"

Überrascht sah ich zu Smilla rüber. „Ist das … NUCA?!"

Smilla hatte leider keine Zeit zu antworten, denn im nächsten Augenblick **KNALLTE** plötzlich die Tür hinter Nuca ins Schloss! PENG!!!

Smilla und ich zuckten zusammen und hörten, wie DRAUßEN irgendwas vor die Tür geschoben wurde!

Und dann erklang auf einmal ein Lachen: „Sie sitzen in DER FALLE! Wie **Babyratten** im Labor!!!"

Smilla und ich erkannten die Stimme sofort: ***„Kolja Kacknase!"***

Wir waren so oberriesenmäßig überrascht, dass wir

gar nicht merkten, wie wir aus unserem Versteck hochfuhren!

Nuca blinzelte uns ungläubig an, weil es ohne die offene Tür jetzt doch ganz schön dunkel war im Schuppen.

„Bin ich hier richtig bei den Schwesterherzen?"

„Du bist **richtig** bei den VOLLIDIOTEN, Fettbacke!", rief mein Chaosbruder Luke von draußen und hämmerte lachend gegen die Schuppenwand.

Smilla und ich stürmten an die Tür und rüttelten an der Klinke. VERGEBLICH! Die Amigos mussten irgendwie die Tür verrammelt haben! Aaaaargh!!!

„Das ist nicht witzig, ihr Spinner!!!", motzte ich.

Smilla bückte sich nach vorne und **KREISCHTE** durchs Schlüsselloch: „Leo, mach sofort die Tür auf! Mama zieht dir die Ohren lang, bis du damit DEN BODEN WISCHEN kannst!!!"

Leo schien das allerdings nicht sonderlich zu beeindrucken. **„Uuuuuh, jetzt hab ich aber Angst!"** Er gluckste so, als hätte er in Wirklichkeit kein bisschen Angst. „Ich sag Mama einfach, du bist UNTER DEN RASENMÄHER geraten, du Fruchtzwerg. Sie wird schon drüber hinwegkommen!"

„Los, Jungs!", rief Oskar. „Wir müssen **zurück auf den Platz**, sonst wird der Trainer stutzig!"

„Hey! Ihr KÖNNT JETZT NICHT EINFACH ABHAUEN!!!", schrie ich.

Aber leider konnten sie das sehr wohl.

Und sie taten es auch … *Grmpf*.

Fassungslos blickte ich zu Smilla und zu Nuca. Das durfte doch ~~verdammt noch mal~~ nicht wahr sein! Die Schwesterherzen waren noch nicht mal **richtig gegründet**, da saßen wir schon in der Falle! Und ausgerechnet die AMIGOS waren dafür verantwortlich … *Grrrrrr!*

Die größte Überraschung wartete aber noch auf uns! Ihr werdet nämlich **NIE UND NIMMER NICHT** erraten, wer zum Vorschein kam, als die alte Holztür an der Schuppenwand mit einem MORDSLÄRM umkippte und auf den Boden knallte …

~~KAPITEL 8~~

Aller Anfang ist ~~ein bisschen~~ monstermäßig schwer

„Glaubt jetzt bloß nicht, ich wäre wegen eurer blöden Schwesternsache hier!" Monti klopfte sich eingeschnappt den Staub von den Schultern. „Ich hab NUR WAS GESUCHT, okay?"

„Die **GLITZERJACKE** von Michael Jackson, oder was?", fragte Nuca, während sie sich einen dicken Kaugummi in den Mund schob.

Und da mussten Smilla und ich tatsächlich ein bisschen kichern. Obwohl die ganze Sache hier NATÜRLICH ~~nur ganz wenig~~ überhaupt **gar nicht** zum Lachen war!

Fand Monti übrigens auch!

Deshalb warf sie Nuca einen Blick zu, der mindestens SO GIFTIG war wie **siebzehntausend Giftschlangen auf einmal**. Autsch!

„Jedenfalls …", fuhr Montana fort: „Selbst wenn ich

wegen der Schwesternsache gekommen wäre – ***was ich ja nicht bin*** –, würde ich JETZT nicht mehr mitmachen wollen. Immerhin weiß ich jetzt, wer **NOCH MITMACHT!**"

Sie warf Smilla, Nuca und mir einen mächtig hochnäsigen Blick zu, der ungefähr so viel bedeutete wie:

ICH WÜRDE LIEBER EINEN EIMER MIT TAFELWISCHWASSER AUSTRINKEN, ALS MICH MIT EUCH ZU VERSCHWESTERN!!!

Dann marschierte sie auf die Schuppentür zu und rüttelte ein paarmal wütend an der Klinke! Klick, klack.

Smilla verdrehte die Augen. „Die Amigos haben die Tür von außen VERRIEGELT, du Blitzbirne."

Monti schnaubte ziemlich laut durch die Nase und lehnte sich dann voll trotzig gegen die Wand neben der Tür. Weil sie nämlich kein bisschen was dagegen sagen konnte, dass Smilla mal wieder recht hatte. Ist so!

„Und was machen wir jetzt?", wollte Nuca wissen und schmatzte dabei mächtig laut auf ihrem Kaugummi rum.

„Na ja." Ich räusperte mich mutig. „Wenn wir eh

schon hier in der Falle sitzen und nichts Besseres zu tun haben, dann … könnten wir ja über die Schwesterherzen reden!"

An der Rückwand des Schuppens entdeckte ich einen staubigen Lichtschalter und tastete mich VOLL HELDENHAFT vor. Tadaaa!

Kaum war die alte Glühbirne angegangen, stieß Monti **einen Schrei** aus und deutete kichernd auf meinen Hintern.

„Hast du dir irgendwie in die Hose GEKACKT, Pudelkopf?"

In die Hose gekackt?! Hatte die nicht alle Tassen im Schrank?

Ich wollte gerade anfangen, sie ~~voll raketenfies~~ **total angemessen** zu beschimpfen, da fing Smilla auch an zu kichern.

„Ich glaub, du hast dich in irgendwas reingesetzt, Bonnie …" Hä?!

Verunsichert blickte ich hinten an meiner Hose hinab. Und dann entdeckte ich das Unglück …

„~~Scheiße!~~ Kacke!"

„Im wahrsten Sinne des Wortes", gluckste Monti und zog ANGEWIDERT die Augenbrauen hoch.

Ich rieb hektisch über den braunen Fleck an meinem Hintern.

„Das ist SCHOKOLADE, Mann! Ich hab mir die Riegel in die Hose geschoben und … **So ein Kack**!!!" Aber echt!!!

Monti grinste voll dämlich und richtete ihr schickes neues iPhone auf mich. „Kannst du mal kurz STILLHALTEN, Pudelkopf? Ich würde gerne ein Foto machen für meinen Instagram-Account! Das gibt mindestens ZWEIHUNDERT LIKES!"

Am liebsten wäre ich Monti an den Hals gesprungen und hätte ihr ihr blödes Handy **sonst wo hingesteckt!** Waaaah!!!

Aber Nuca stellte sich vorsorglich in meinen Weg. Und ihr wisst ja, an Nuca kommt man ~~nie im Leben~~ nicht so leicht vorbei. Weil sie eben ~~so wahnsinnig dick~~ *ein bisschen kräftiger* gebaut ist …

„Ich dachte, wir sind hier, um ZUSAMMENZUHALTEN. Und nicht um uns gegenseitig UMZUBRINGEN!" Nuca sah ping-pong-mäßig zwischen Monti und mir hin und her. „Darum geht es doch bei dieser Schwesternidee, oder etwa nicht?" Ping-pong-ping-pong!

Ich nickte, war dabei aber kein bisschen gut gelaunt.

„Schwestern halten zusammen, ja! Aber **DIE DA (!!!)** kann unmöglich unsere Schwester sein!" Wütend zeigte ich auf Monti.

Smilla nahm Montana das Handy aus der Hand und sah mich **total oberlehrermäßig** an: „*Jedes Mädchen, das sich eine Schwester wünscht und bereit ist, den Schwur zu leisten, darf mitmachen und ist eine von uns!* Tut mir leid, Bonnie, aber das hast du selbst gesagt!"

Bla, bla, blabermann!

Musste Smilla mich unbedingt mit meinen EIGENEN WORTEN schlagen? Ich presste die Lippen aufeinander.

„Monti ist aber nicht jedes Mädchen. Sie ist … sie ist … eben **MONTI!**"

Nuca und Smilla runzelten die Stirn.

Dann räusperte sich Smilla nüchtern. „Dieses Argument überzeugt mich nicht wirklich …"

„Aber wir können Monti NICHT AUSSTEHEN, schon vergessen?!", zischte ich ihr zu.

„Bei Schwestern geht es nicht darum, ob man sich ausstehen kann oder nicht! Es geht darum, dass man zusammenhält! Dass man SEITE AN SEITE kämpft und einander verteidigt und hilft! Das macht ein Schwesterherz aus!"

Woah! Smilla grinste und brachte mich damit grad **ECHT** auf die Palme irgendwie!

Das DOOFE an einer Freundin, die superschlau ist, ist, dass sie sich einfach ALLES MERKT und dir deine eigenen Worte **UM DIE OHREN** haut, wann immer es ihr gefällt. Noch DOOFER ist es allerdings, wenn sie damit auch noch RECHT hat … Grmpf.

„Also gut", grummelte ich schließlich. „Wenn Monti unbedingt mitmachen will, kann sie das tun. **Aber sie will ja gar nicht!**"

Erwartungsvoll blickten Nuca und Smilla zu Montana, die noch immer an der Schuppenwand lehnte und eingeschnappt auf ihrer Lippe herumkaute. Tss.

Nie und nimmer wollte die eine von uns sein, da war ich mir HUNDERTZILLIONENMAL sicher!

Aber dann stieß sie sich plötzlich von der Wand ab und kam zu uns in den Kreis.

„Und wie lautet dieser blöde Schwur …?" Wie bitte???

Die wollte ernsthaft ein Schwesterherz sein?! AAAA-ARGGGGGH!!!!

Fassungslos vergrub ich mein Gesicht in den Händen und rubbelte, als könnte ich Monti wegreiben wie einen voll gruseligen Albtraum!

Smilla und Nuca grinsten.

„Ich schlage vor, wir setzen uns auf den Boden", sagte Smilla. „Unser Proviant klebt leider an Bonnies Hintern, aber …"

„Kein Problem", kicherte Monti, während sie sich neben Nuca in den Kreis setzte. „Der Rollmops hier braucht sowieso 'ne kleine Diät!"

Nuca schob sich protestierend einen weiteren Kaugummi in den Mund. „Ich bin NICHT dick, okay?! Ich … hab nur **schwere Knochen!**"

Monti grinste. „Ist klar. Und ich bin die Prinzessin auf der Erbse!"

„Nee", erwiderte ich und ließ mich motzig in den Kreis plumpsen. „Du bist 'ne blöde Pute und ungefähr so schlau wie **eine ungeschälte Mohrrübe!**" Jawohl!

Monti zog die Augenbrauen hoch. „Du bist ja nur neidisch! Weil ich einfach ALLES hab und du … na ja, du hast eben diesen Pudelkopf."

„Aufhören!" Smilla schlug mit der Hand in den Kies. „Wenn ihr sowieso nur streiten wollt, könnt ihr auch gleich mit den BLÖDEN AMIGOS rumhängen!"

Ich verschränkte die Arme vor der Brust. „Schwestern müssen sich nicht ausstehen können! Das hast du selbst gesagt! Also müssen wir auch **NICHT NETT** zueinander sein!" Das hatte Smilla jetzt von ihrer Besserwisserei ... Selber schuld!

„Smilla hat aber recht irgendwie ...", mischte sich Nuca schmatzend ein. „Wir sollten erst mal alle wichtigen Sachen in Frieden klären. Dann können wir uns hinterher auch wieder IN RUHE beschimpfen."

Smilla warf mir einen triumphierenden Blick zu.

Ich seufzte und zuckte schließlich mit den Schultern. „Meinetwegen ..."

Und dann kramte ich den Zettel mit unserem EHRENKODEX aus der Hosentasche. Wenigstens hatte der keine Schokoflecken abbekommen, weil ich ihn nämlich ganz schlau auf der anderen Seite eingesteckt hatte. **ZUM GLÜCK!** (Mal ehrlich: Wie sähe denn das bitte aus, wenn ein VOLL WICHTIGES Geheimdokument Kackflecken hat?! Igitt!)

Ehrenkodex der total geheimen Schwesterherzen

1. Schwesterherzen sind mutig und unerschrocken. Weil: Wer nie was wagt, kann auch nix gewinnen! BÄM!

2. Schwesterherzen stecken nie, nie, nie den Kopf in den Sand! Weil: Wer weiß, ob im Sand nicht vorher ein Hundehaufen lag … wäääh!

3. Schwesterherzen stehen immer SEITE AN SEITE und verteidigen einander gegen alle Gemeinheiten! Vor allem gegen die Amigos, weil die sind die größten Gemeinheiten von allen!!!

4. Schwesterherzen kämpfen immer für das GUTE und geben nicht auf, bevor nicht der letzte Strohhalm umgeknickt ist. Und hinterher auch nicht! Tschaka!!!

5. Schwesterherzen lügen einander nie, nie, niemals an! N.I.E.M.A.L.S!!!

6. Schwesterherzen sind den anderen immer einen Schritt voraus und lassen sich nicht auf der Nase rumtanzen! Ätsch!

7. Ein Schwesterherz verrät niemals ein GEHEIMNIS von einem anderen Schwesterherz! Eher verschlucken wir unsere eigene Zunge!!!

PS: Wer gegen den Ehrenkodex verstößt, wird aus der Schwesternschaft geworfen und kann nie, nie wieder mitmachen. Und erstickt außerdem qualvoll am Mundgestank von Stanislaus Strunz!!! Aber so was von!

„Gibt es irgendwelche Einwände?" Ich blickte finster in die Runde.

Smilla hatte natürlich nichts einzuwenden, wär ja auch ECHT merkwürdig gewesen. Immerhin hatte sie die REGELN mit mir aufgeschrieben!

Nuca schmatzte nachdenklich auf ihrem Riesenkaugummi herum. „Für mich ist das okay ..." Schmatz, schmatz.

Nur Monti musste natürlich aus der Reihe tanzen. „Ich weiß nicht. Ich find Schwesterherzen irgendwie blöd ..."

Mann! Monti ging mir echt jetzt schon **MÄCHTIG AUF DEN KEKS!**

„Warum willst du dann mitmachen?! Du kannst gerne gleich wieder austreten!"

„Bleib mal locker, Pudelkopf! Ich meine ja nicht die *Schwesternschaft an sich.* Sondern den Namen."

Smilla schob sich die Brille zurecht. Smillas Brille sitzt nämlich immer irgendwie schief. „Was ist mit dem Namen?"

„Ich find den irgendwie – uncool. *Schwesterherzen!* Das klingt nach 'nem total schnulzigen Schmusefilm oder so." Wie bitte?!

Schmusefilm? Hatte die einen Radiergummi verschluckt?!

Immerhin war Nuca diesmal auf unserer Seite. „Hast du 'nen besseren Vorschlag?"

„Na ja." Monti kräuselte ihre ~~süße~~ **hochnäsige** Nasenspitze. „Was Englisches wäre cool. Wie in AMERIKA!"

Dann schrieb sie mit dem Finger zwei Wörter in den Kies:

SICRET SISTAHZ

„Das heißt so was wie ***geheime Schwestern***", grinste sie stolz. „Klingt voll viel cooler!"

Smilla verdrehte die Augen. „Ist aber auch *voll viel* falsch geschrieben, du Blitzbirne."

Sicret wird nämlich mit **e** geschrieben (secret!), und

sistahz mit **ers** (sisters!), das wusste sogar ich! Und dafür brauchte ich nicht mal 'nen **superreichen amerikanischen Angeberpapa** … HA!

Aber Monti blies sich nur den Staub von den blöden Fingernägeln. „*Cooler* klingt es aber trotzdem …"

Und damit hatte sie leider recht … Grmpf.

„Also gut. Dann sind wir eben die SICRET SISTAHZ." Smilla zuckte mit den Schultern. „Sonst noch irgendwelche Einwände?"

Nuca schob sich noch einen dritten Kaugummi in den Mund. „Wir brauchen irgendein ERKENNUNGSZEICHEN. Ein Freundschaftsarmband oder so."

„*Pfff!* Unsere Schwesternschaft ist viel wichtiger als irgendeine **Freundschaft!**" Ich schüttelte den Kopf. „Wenn wir schon ein Erkennungszeichen haben, dann muss es etwas viel ERNSTERES sein! Was, was für immer bleibt und sich nicht einfach abnehmen oder wegwischen lässt!"

Smilla lachte auf. „Willst du dich TÄTOWIEREN lassen, oder was?"

Aber als sie meinen Blick sah, verging ihr das Lachen wieder. „Scheiße, Bonnie. Du willst doch nicht ernsthaft, dass wir uns **tätowieren** lassen?!"

„Ihr müsst schon zugeben, dass ein TATTOO ziemlich cool wäre!" Ich grinste.

„Die Amigos wären jedenfalls beeindruckt", stimmte Nuca schmatzend zu.

Monti musste schlucken. „Aber … tut das nicht weh?"

War ja klar, dass sie SCHISS hatte! Tss!

„Schwesterherzen kennen keinen Schmerz! Seid ihr dabei?" Entschlossen streckte ich meinen Arm in die Mitte des Sitzkreises. Nuca und Smilla zögerten kurz, aber dann legten sie ihre Hände auf meine.

Erwartungsvoll sahen wir zu Monti. Sie verzog ihren spitzen Mund und seufzte. Aber dann legte sie TATSÄCHLICH ihre Hand auf unsere.

Ich grinste. „Eine für alle, alle für dich!"

~~KAPITEL 9~~

Jeder Anfang ist auch ein Ende!
Oder so ähnlich …

Die Angelegenheit mit dem Tattoo war also **BESCHLOSSENE SACHE!**

Natürlich war es trotzdem noch ~~ein bisschen~~ voll monstermäßig schwer, aus dem Schuppen rauszukommen.

Monti hatte zwar ihr *supertolles Handy* dabei, aber irgendwie war hier drinnen **echt schlechter Empfang** … Außerdem meinte sie, dass sie ihren VATER nicht anrufen konnte, weil er gerade in Amerika war. Und ihre MUTTER konnte sie auch nicht anrufen, weil die bei irgendeinem Arzt saß, um sich die Lippen aufblasen zu lassen … Hä?!

„Dann gibt es nur EINEN WEG!“, stellte Smilla fest und deutete auf das winzig kleine Fenster im Dach des Geräteschuppens.

Gemeinsam schoben wir die ~~voll schwere~~ gar nicht mal so leichte Schaufelkiste unter die Dachluke. Ächz.

Weil Monti die **GRÖßTE** von uns war, kletterte sie als Erste auf die Kiste und versuchte, das Fenster aufzustoßen.

„Das Fenster klemmt!"

„Du musst DOLLER drücken!"

„Aber dann breche ich mir die Fingernägel ab!!!"

Zum Glück mussten wir gar nichts sagen. Unsere Blicke waren nämlich SO FINSTER, dass Monti **eben doch** fester drückte. **UND TADAA!** Mit einem lauten Quietschen schoss die Luke nach oben! Yes!!!

Monti krallte sich am Rahmen fest und zog sich durch die Öffnung aufs Dach des Schuppens.

Weil Smilla ~~mächtig viel~~ *ein bisschen* kleiner war als wir, machte ich eine **RÄUBERLEITER** und half ihr hoch. Dann zog ich mich selber nach oben. Tschakalaka!

Draußen fing es schon an zu dämmern. Zu dritt starrten wir durch die Luke auf Nuca hinab.

„Komm schon!", rief Smilla ihr zu. „Worauf wartest du denn?"

„Ich glaub nicht, dass ich da durchpasse ...", murmelte Nuca schließlich. Ups ...

Da war leider was dran. Immerhin war das Dachfenster ziemlich schmal. Und Nuca war eben ~~so dick~~ **ein bisschen kräftiger** gebaut ...

Trotzdem konnten wir sie natürlich UNMÖGLICH zurücklassen! Ich sah mich um – und auf einmal hatte ich **voll den guten Plan!**

„Du musst auch gar nicht da durchpassen." Dann sprang ich vom Schuppendach und schob ganz einfach DIE MÜLLTONNE weg, mit der die bekloppten Amigos die Tür verrammelt hatten. HA!

Als Nuca durch die Tür trat, war sie ~~voll tomatenmäßig~~ ein bisschen ROT im Gesicht.

Ich lächelte sie trotzdem an. „Eine für alle, alle für …?"

„Mich …", sagte Nuca schließlich und lächelte zurück.

Und ich musste feststellen, dass sich diese Schwesternsache jetzt schon **VERDAMMT** gut anfühlte! *Obwohl Monti dabei war … grmpf.*

Am nächsten Tag in der Schule gingen wir uns trotzdem alle erst mal aus dem Weg. Wäre ja auch total auffällig gewesen, wenn Monti oder Nuca plötzlich die ganze Zeit mit uns abgehangen hätten. Wir waren schließlich GEHEIMSCHWESTERN und **keine Freunde.** Basta!

Nach der letzten Stunde trafen wir uns HEIMLICH an

der Straßenecke, an der sonst immer der alte Mann mit dem Taubenfutter saß. Monti trug wieder ihre monstergroße Sonnenbrille.

„Um wen trauerst du denn heute? *Mutter Teresa?*", hakte ich grinsend nach.

„Um niemanden!!!", giftete Monti zurück. „Ich will nur nicht, dass mich jemand erkennt, wenn ich **MIT EUCH UNTERWEGS** bin, Pudelkopf!" Dann stolzierte sie eingeschnappt los.

Smilla, Nuca und ich verdrehten gemeinsam die Augen und spazierten grinsend hinterher.

Vor dem TÄTOWIERLADEN blieben wir stehen.

„Sieht ganz schön finster aus ...", stellte Nuca fest und verschluckte sich dabei voll mies an ihrem Kaugummi. Hust, hust.

Ich straffte meine Schultern. „Schwesterherzen sind immer mutig und unerschrocken, schon vergessen?" Und dann marschierte ich MÄCHTIG MUTIG auf die Ladentür zu!

Einen **ganz kurzen** Moment hab ich aber doch SCHISS bekommen, weil ich keine Schritte hinter mir gehört hab – und OHNE DIE ANDEREN wollte ich jetzt auch nicht unbedingt da reingehen! Aber dann kamen sie schließlich DOCH hinter mir her. Jippieh!!!

Im Laden war es ziemlich dunkel und auch ein bisschen leer. Dafür hingen überall an den Wänden Bilder von GROßEN STARKEN MÄNNERN mit GROßEN WILDEN TATTOOS.

Aber das **Merkwürdigste** war: Hinter dem Tresen saß eine ganz ALTE OMA!

Ich meine jetzt nicht *ein bisschen* alt oder *ziemlich* alt, nein: Die Oma war wirklich monstermäßig alt! Mindestens HUNDERT JAHRE oder so.

„Also von DER lass ich mich ganz sicher nicht tätowieren", stellte Monti klar. Und ich konnte ihr da irgendwie nicht widersprechen.

Im nächsten Moment ertönte eine Stimme aus einem Hinterzimmer und dann kam jemand hinter einem GROßEN DUNKLEN VORHANG hervor.

Und als wir erkannten, **WER** dieser Jemand war, rutschte Smilla vor Schreck die Brille von der Nase. Plopp.

„JO???"

Jo kniff voll finster die Augen zusammen. „Was wollt ihr hier?" Dann stellte sie der Oma einen Teebecher vor die Nase.

Ich fasste all meinen oberriesengroßen Mut zusammen. „Wir wollen … EIN TATTOO!"

„Alles klar." Jo tippte sich an die Stirn. „Und ich melde mich morgen in der PRINZESSINNENSCHULE an!"

„Kannst du gerne machen", sagte Monti. „Aber der Pudelkopf hat trotzdem recht. Wir wollen uns alle **tätowieren lassen."**

Jo starrte uns ziemlich böse an. „Habt ihr einen an der Waffel, oder was?"

Ich ignorierte ihre Frage und lehnte mich lässig an den Tresen. „Ich wusste gar nicht, dass du hier arbeitest …"

„Tu ich auch nicht!"

„Jetzt sei doch nicht so unfreundlich zu deinen Freunden, Joana!", mischte sich auf einmal die alte Frau ein und ihre Stimme klang **sehr, sehr krächzig.** Mindestens zweihundert Jahre alt …

„Das sind nicht meine Freunde, Oma!" Grummelnd blickte sie zu uns rüber und erklärte dann: „Der Laden gehört meinem Papa." Sie nickte mit dem Kopf zu einem FOTO hinter dem Tresen. Darauf zu sehen war: ein sehr, SEHR GROßER MUSKELMANN mit einer sehr, SEHR KLEINEN FRAU im Arm. Beide hatten sehr, sehr viele Tattoos und sahen irgendwie **voll verknallt** aus. Hihi …

„Dann kannst du uns ja vielleicht einen RABATT geben!", schlug ich vor, um die Aufmerksamkeit wieder auf das Geschäftliche zu lenken.

Jo rollte mit den Augen und seufzte. „Also gut. Ihr Rüschenhemdchen wollt also ein Tattoo. Und **WARUM**, wenn ich fragen darf?"

„Weil wir die **Sicret Sistahz** sind!", sagte ich und grinste. „TOTAL GEHEIME SCHWESTERHERZEN! Und das wollen wir mit einem Tattoo besiegeln!" Und zwar so was von!!!

Monti und Smilla hielten erschrocken die Luft an und Nuca verschluckte sich mal wieder an ihrem neuen Kaugummi!

Im nächsten Moment zog Smilla mich auch schon zu sich nach hinten und zischte MÄCHTIG WÜTEND: **„Spinnst du?! Das kannst du ihr doch nicht einfach so erzählen!!!"**

„Die Sicret Sistahz sind voll geheim!", pflichtete ihr Monti bei.

Nuca nickte schnell. „Das haben wir doch in unserem KODEX geschrieben!"

Ich grinste. „Ja! Aber ich finde, Jo sollte unbedingt eine von uns werden!"

Nuca und Monti sahen mich an, als hätte ich eben eine Katze angezündet. Was ich natürlich **niemals** tun würde!!! N.I.E.M.A.L.S!!!

„Bist du jetzt VÖLLIG ÜBERGESCHNAPPT, Pudelkopf?!", zischte Monti und gab mir einen Tritt ans Schienbein. Aber ich hab natürlich sofort zurückgetreten. Attacke!!!

„Die Amigos haben MÄCHTIG SCHISS vor ihr! Und sie ist immer allein! Sie kann also **total gut** eine Schwester gebrauchen – und wir brauchen SIE!"

„Jetzt macht mal halblang, ihr **MILCHSCHNITTEN!**" Jo verschränkte die Arme vor der Brust. „Ich ess' lieber meine Wollmütze auf, als dass ich bei euch irgendwas mitmache!"

Ich holte tief Luft und ging mutig auf sie zu. „Wir sind Schwesterherzen, Jo. Und das ist schon eine **verdammt gute Sache,** wenn man selber keine Schwester hat! Wir sind nämlich IMMER füreinander da! Wir verteidigen uns. Und wir HELFEN einander! Gemeinsam sind wir nämlich viel, viel stärker als allein!" Jawohl!

Jo schien einen Moment zu überlegen. Dann pustete

sie sich eine schwarze Haarsträhne aus dem Gesicht, die irgendwie den Weg unter der Wollmütze hervorgefunden hatte. „Vielleicht ist es dir noch nicht aufgefallen, Pfirsichlöckchen, aber ICH BRAUCH KEINE HILFE! Und jetzt zieht Leine, sonst hol ich nämlich Godzilla von hinten! Und dann können wir ja sehen, wie stark ihr **WIRKLICH** seid!"

„Ich dachte, wir wollten nicht aufgeben, bevor nicht der LETZTE STROHHALM umgeknickt ist!", motzte ich, nachdem mich die anderen ~~gegen meinen Willen~~ aus dem Tattooladen gezerrt hatten!

„Mensch, Bonnie!", motzte Smilla zurück. „Bei Joana gibt's **GAR KEINEN STROHHALM**, schnallst du das nicht?"

„Außerdem hatte ich echt keine Lust, dass mir ihr Monsterhund die Jeans zerfetzt", mischte sich Monti mit ein. „Die war nämlich richtig, richtig teuer!"

„Wir hätten uns wenigstens schnell das **Tattoo** machen lassen können!", schimpfte ich weiter, weil ich NOCH LANGE NICHT fertig war mit Wütendsein! Grrrrr!

„Die Idee mit dem Tattoo war von Anfang an total dämlich!", pfefferte mir Monti an den Kopf. „Genau wie die Idee, dass wir alle hier SCHWESTERN sein könnten!" Sie lachte auf. „Der Rollmops, Einstein, Pudelkopf und ICH! Das ist doch **völlig irre!** Wir gehören genauso wenig zusammen wie Zahnpasta und Pommes!"

Nuca blinzelte Monti überrascht an. „Aber … aber du hast dir doch AUCH eine Schwester gewünscht."

„Eine Schwester ja", gab Monti zu. „Aber nicht so einen HAUFEN VERSAGER! Was machen wir denn schon? Einen Ehrenkodex aufschreiben und uns im Schuppen einsperren lassen! Und dann müssen wir uns auch noch von GRUFTIE GIRL da drinnen kleinmachen lassen! **Mir reicht's!** Das hat doch echt NICHTS mit Schwestern zu tun!!!"

Frechheit! Ich wollte ihr unbedingt etwas **voll Schlaues** entgegenwerfen, etwas, das besagte, dass wir eben doch mächtig viel erreichen konnten als SCHWESTERN! Aber leider fiel mir gerade absolut nichts Gutes ein … Grmpf.

Und dann ließ plötzlich auch noch Smilla die Schultern sinken. „Vielleicht hat Monti recht. Vielleicht sollten wir die Schwesternsache doch besser lassen …"

„Aber … aber …" Nuca schluckte vor Schreck ihren Kaugummi runter.

„Meinetwegen!", schimpfte ich trotzig. „Dann lassen

wir es eben!!!" Und dann marschierte ich voll wütend davon. Weil ich auf einmal nämlich wirklich **null Komma keine** Lust mehr hatte, IMMER ALLE MOTIVIEREN ZU MÜSSEN! *Argh!!!*

„Warte, Bonnie!", rief Smilla und rannte hinter mir her. Weil wir zwar keine Schwestern mehr waren, aber immerhin noch **Freundinnen!**

Als ich mich an der Straßenecke nach wie vor umdrehte, war Monti auch schon verschwunden. *War ja klar …*

Nur Nuca stand irgendwie nach wie vor auf der Stelle rum. Aber das lag vielleicht auch daran, dass sie ~~so dick~~ ein bisschen kräftiger gebaut war und sich nicht so gern bewegen wollte …

~~KAPITEL 10~~

Zur Hölle mit den Amigos!
(Aber so was von!!!)

Die nächsten Tage waren irgendwie ~~ein bisschen~~ monstermäßig doof.

Zwar waren Smilla und ich noch Freunde – sie ist ja schließlich meine AAABFADGWW!!! –, aber ich wollte trotzdem immer noch total dringend eine Schwester haben! Ganz, ganz unbedingt!

Vor allem, weil meine bekloppten Brüder mich natürlich wieder ganz mächtig auf die **PALME** brachten. Und ich mich auf Mama und Papa wie erwartet kein bisschen verlassen konnte! Grmpf.

Papa befand sich nämlich in den *allerallerletzten* Vorbereitungen für die neuen Dreharbeiten vom BUBIKOPF.

Und das sieht jedes Mal ungefähr so aus:

1. Er läuft von morgens bis abends NACKT in seiner Lederhose rum.

(2.) Er macht Sport vorm Fernseher. Oder zumindest so was Ähnliches.

(3.) Er ernährt sich nur von schrumpeligen Karotten.

(4.) Er hat ~~ziemlich~~ **monstermäßig** schlechte Laune!!! (Was vermutlich mit Punkt 2 und 3 zu tun hat …)

Als Neo und Luke mir jedenfalls den einen Morgen NUTELLA in meine neuen Turnschuhe geschmiert haben (iiiiiiek) und ich mich **total zurecht** bei Papa beschwert hab, hat der nur wütend eine RUNZELMÖHRE an die Wand geworfen! Und dann hat er **VOLL ÜBERTRIEBEN** rumgemotzt:

„Ich habe euch doch nicht nach SUPERHELDEN der Filmgeschichte benannt, nur damit ihr euch jetzt wertvolle Kalorien in die Klamotten schmiert!!!"
Ich glaub, er war einfach ~~voll angepisst~~ ziemlich frustriert, weil er selbst so gern seine Karotte in Nutella getaucht hätte. Aber dann hätte er hinterher ja nicht mehr in seine **VOLL ENGE** Lederhose gepasst … Man kann nicht alles haben!

Das mit den SUPERHELDEN stimmt übrigens. Ihr habt euch bestimmt schon gewundert, warum wir hier alle so KOMISCHE NAMEN haben.

Der Grund ist: Mein Papa hat einfach **zu viel in die Glotze geguckt!** Und deswegen heißen meine Brüder und ich alle nach total berühmten FILMFIGUREN:

* BONNIE: Irgend so eine **Gangsterbraut,** die mit ihrem Freund Clyde (das spricht man KLEID aus, was ja wohl so ziemlich der allerpeinlichste Name für einen Jungen ist!!!) ganz viele Leute AUSGERAUBT hat. Fand ich eigentlich ziemlich cool, bis ich gehört hab, dass Bonnie und Clyde am Ende abkratzen ... Muss das sein?!

* NEO: So ein **Langweiler** mit 'nem voll langen Ledermantel, der ständig irgendwelche Mathezahlen vom Himmel regnen lässt. Öööööööde ...!!!

* LUKE: Ein Kerl im JUDOANZUG, der mit seinem **Laserschwert** in der Luft rumfuchtelt und keine Ahnung hat, wer sein Vater ist! Sonst noch was?!

* VITO: Ein Mafiaboss. Der isst ganz viel Pizza und lässt 'ne Menge Leute umlegen. (Ich weiß echt

nicht, was Papa daran so cool findet! Also an Pizza schon, aber an dem Rest ...?!)

Na ja. Der **Superheldenname** hat mir jedenfalls kein bisschen weitergeholfen bei der Sache mit den Nutella-Turnschuhen!

Mama war mal wieder viel zu gestresst, um sich einzumischen. Sie ist schließlich LEHRERIN. Und wenn man da nicht gestresst ist, macht man **auf jeden Fall** was falsch! Sagt sie!

Jedenfalls hab ich mir, als ich meine Schokoschuhe mit Feuchttüchern auswischte, noch viel, viel dringender eine Schwester gewünscht als JEMALS zuvor!

Mit einer Schwester an meiner Seite hätte ich mir nämlich total fiese RACHEPLÄNE ausgedacht. Zum Beispiel:

- Lukes Schulranzen mit Mamas **PARFÜM** einsprühen! Würgs!
- Eine Scheibe voll miesen STINKEKÄSE in Neos Brotdose packen! HAAAA!
- Vitos Haare mit PINKER FARBE einsprühen, während er schläft! Ätsch!

Aber die Sache mit den **Schwesterherzen** war ja leider irgendwie gestorben …

In der Schule konnte ich mich trotzdem auf NIX ANDERES konzentrieren. Stattdessen hab ich mein ganzes Matheheft mit Tattoos vollgekritzelt, die wir uns als SICRET SISTAHZ hätten stechen lassen können.

Am coolsten fand ich das hier:

Das heißt nämlich SISTAHZ nur ohne die Vokale dazwischen. *Voll geheimnisvoll!*

Die Amigos hätten das auf jeden Fall kein bisschen geschnallt, weil die nämlich viel zu ~~dämlich~~ **minderintelligent** sind für solche oberschlauen Geheimlichkeiten!

Ich fand mein Tattoo jedenfalls **MEGACOOL.** Smilla auch, aber sie wollte trotzdem nichts mehr hören von unserer Schwesternsache …

Und Monti und Nuca auch nicht.

Monti hat uns drei EXTRAFIES ignoriert, was ich aber kein bisschen schlimm fand, weil ich mit ihr ja eh nichts zu tun haben wollte! Pah!

Sollte die doch mit Michael Jackson rumhängen. Oder mit ihrem *superreichen Superpapa!*

Und Nuca hat auch nicht mit uns gesprochen. Sprechen ging nämlich gar nicht, weil sie sich die ganze Zeit irgendwelches **ESSEN** in den Mund gestopft hat. Mampf, mampf.

Nur Jo hat uns draußen auf dem Schulhof immer **superaufdringlich** angestarrt, und wenn ich zurückgeguckt hab, hat sie gegrinst und ihre Hand so GERADE AM HALS entlanggeführt.

„Ich glaub, sie mag uns", hab ich Smilla daraufhin einmal zugeflüstert.

Aber Smilla hat nur die Augen verdreht und geseufzt. „Die mag uns ungefähr so gern, **wie wir Durchfall mögen!**"

Und das hat mich dann doch irgendwie irritiert ... Igitt!

Auf jeden Fall gingen die Tage so dahin, ohne dass das

Leben auch nur ein **KLITZEKLEINES BISSCHEN** gerechter wurde. Ich hatte nämlich noch immer:

→ kein iPhone!
→ kein eigenes Pferd!!
→ und keine SCHWESTER!!!

Aber dann kam der SCHULAUSFLUG. Und der hat so ziemlich **ALLES** verändert! Na ja, nicht sofort natürlich, aber es war zumindest mal ein Anfang … BÄM!

Ihr müsst nämlich wissen, dass unsere Schule jedes Jahr vor den Sommerferien einen Ausflug macht. Weil das *„die Schulgemeinschaft herausfordert und das Wir-Gefühl stärkt und …"* Bla, bla, blaberich!

Dabei weiß ja wirklich **jedes Baby,** dass der Schulausflug vor allem dafür gut ist, dass man einen Tag KEIN MATHE hat!

Dieses Jahr sind wir alle zum Baden an den MÜCKENSEE gefahren. Der heißt so, weil … na ja, wahrscheinlich könnt ihr es euch denken! Summ, summ, summ, wer nicht fragt, bleibt dumm ☺

Auf jeden Fall hat die Schule extra für den Ausflug ein

paar BUSSE gemietet, und die haben uns dann **alle auf dem Schulhof eingesammelt** und zum See gebracht.

Unsere Klasse hat sich einen Bus mit der **6c** geteilt, und das war ziemlich blöd. Weil nämlich Kolja ~~Kackna-se~~ in der 6c ist. Und Jo auch. Und das waren ja schon mal ZWEI MÄCHTIG GROẞE Gründe, die 6c ~~ein biss-chen~~ **monstermäßig** doof zu finden ... Oh ja!

Damit nicht alles durcheinanderlief, sollten wir auch am See unser Lager NEBEN der 6c aufschlagen. Das war aber ~~kein~~ nicht so ein großes Problem, weil wir **ohnehin die ganze Zeit im Wasser** waren.

Smilla und ich sind ~~vorsichtig~~ gleich voll mutig vom Steg in den See gesprungen!

Monti war natürlich ~~nicht so mutig wie wir~~ voll der SCHISSHASE! Sie hatte so einen ~~superschicken~~ blöden Glitzerbikini an und ist wie ein Storch ins flache Wasser gestakst. Dabei hat sie **mächtig leidend** das Gesicht verzogen, und als Smilla und ich sie ~~absichtlich~~ aus Versehen vollgespritzt haben, hat sie gequietscht wie das ROSTIGE ALTE SCHULTOR. Haha!

Was uns aber alle am meisten überrascht hat: Jo war auch im Wasser – und sie hatte einen **voll peinlichen rosa** Prinzessinnenbadeanzug an!

Ich musste da natürlich immer hingucken, weil Jo ja sonst nur Schwarz trägt. Aber als Jo meinen Blick bemerkt hat, hat sie gleich ganz böse zu mir rübergebrüllt: **„Wenn du weiter so glotzt, binde ich dir einen Zementeimer ans Knie!"**

Und da hab ich lieber schnell wieder weggeguckt. Weil ich glaub, dass man mit einem Eimer am Knie ~~nicht so gut~~ kein bisschen schwimmen kann … Blubb.

Klarissa aus Jos Klasse hat aber mitgekriegt, wie Jo mich angeschrien hat, und mir erklärt: „Die hat schlechte Laune, weil ihr Papa ihr den *falschen* Badeanzug eingepackt hat."

Und weil ein **rosa Prinzessinnenbadeanzug** echt peinlich ist, hatte ich dann schon ein bisschen Mitleid mit Jo. Aber nur ein klitzekleines bisschen …

Nuca hatte auch einen total merkwürdigen Badeanzug an. Der hatte so fluffige RÜSCHEN an der Seite und das ist leider ~~voll daneben~~ nicht besonders vorteilhaft, wenn man ~~so furchtbar dick~~ *ein bisschen kräftiger* gebaut ist …

Deshalb war Nuca auch nur **ganz kurz** im Wasser und saß sonst die meiste Zeit in ihr Handtuch gewickelt auf dem Steg und hat uns beobachtet. Und dabei hatte sie so eine große Wolkentasche neben sich stehen und hat gegessen. *Schmatz, schmatz.*

Die AMIGOS haben uns zum Glück auch nicht genervt, weil sie die ganze Zeit im Schilf rumgeschlichen sind und KRÖTEN gesucht haben, die sie mit ihrem **Glibberschleim** beschießen konnten. *Voll kindisch ...*

Auf jeden Fall ist der Schultag mächtig schnell vergangen. Irgendwann hat Herr Strunz rumgebrüllt, dass wir alle AUS DEM WASSER kommen sollen, weil der Bus in einer halben Stunde abfährt! Und dann ist das VOLL SCHRECKLICHE passiert:

Als wir zurück zu unseren Handtüchern gelaufen sind, **waren unsere Klamotten weg!** Also zumindest die von Smilla und mir! *Waaaah*!!!

Während wir rumgesucht haben, hat dann auf einmal Monti voll hysterisch rumgeschrien, weil ihr goldenes Glitzerkleid verschwunden war.

„Das war total teuer! Hat mir mein DÄÄÄÄÄÄÄD aus New York mitgebracht!!!"

Und Nuca hat auch ~~ziemlich dämlich~~ **ganz bedröppelt** aus ihrem Handtuch geblinzelt. Weil ihre Sachen nämlich AUCH WEG waren.

Obwohl ich gerade **ECHT** schon andere Probleme hatte, kam dann zu allem Überfluss noch JO angestampft.

„Wenn DU irgendwas damit zu tun hast, dann knote ich dir deine Pfirsichlöckchen am Hintern fest!", hat sie gezischt und sich mit den Händen an meinen Bikiniträgern festgekrallt. *„Rück meine Klamotten wieder raus!!!"*

„Bist du blind?", hat Smilla sich eingemischt und Jo ~~ganz vorsichtig~~ **voll todesmutig** zurückgeschubst. „Bonnies Klamotten sind ebenfalls verschwunden! Genau wie meine, Montis und Nucas!"

Dann hat Jo sich umgeguckt und bemerkt, dass da wohl was dran war …

Und plötzlich ging mir ein LICHT auf! Pling!

„Das waren bestimmt die AMIGOS!", hab ich gesagt, aber Jo hat trotzdem nur ganz böse gegrummelt und ist einfach wegmarschiert.

Die **blöden Amigos** haben natürlich kein bisschen zugegeben, dass sie unsere Klamotten irgendwo versteckt hatten! Diese miesen Schleimkröten!!!

Die ganze Schule hat noch ALLES abgesucht, aber gefunden haben wir nichts. Grmpf.

Irgendwann hat Herr **Stinkemonster Strunz** gesagt: „Wir haben nicht ewig Zeit. Dann müsst ihr jetzt eben so in den Bus steigen."

Und das mussten wir auch.

Und ich kann euch sagen: Es war VOLL, VOLL PEINLICH!

Alle anderen haben getuschelt und gelacht, als Smilla, Nuca, Monti und ich an der Schule aus dem Bus gestiegen sind, nur in unsere Handtücher gewickelt. *Total fies ...*

Nur bei Jo hat keiner gelacht.

Weil nämlich keiner Lust hatte, dass sie GODZILLA holt.

Trotzdem musste sie in ihrem **rosa Prinzessinnenbadeanzug** den ganzen Weg nach Hause laufen. Und dabei sah sie sehr, SEHR wütend aus.

„Zur Hölle mit den Amigos", hab ich gezischt, während Smilla und ich uns nass auf den Heimweg machten.

„Aber so was von!!!", stimmte mir Smilla zu.

~~Kapitel 11~~

Zweite Chance für die Schwesterherzen

Mama hatte natürlich mitbekommen, dass meine Klamotten weg waren, sie war ja schließlich **mit auf dem Ausflug** gewesen. Aber mit Luke, Neo und Vito motzen wollte sie trotzdem nicht. *Voll ungerecht!!!*

„Es gibt keine Beweise dafür, dass das deine Brüder waren, Bonnie!"

„Es gibt auch keine Beweise dafür, dass sie es **NICHT** waren", motzte ich zurück.

Aber Mama sagte nur: „Macht die Angelegenheit unter euch aus!" *Mal wieder* …

Es war natürlich überhaupt kein bisschen einfach, die Angelegenheit *unter uns* auszumachen, weil meine Brüder nämlich **ZU DRITT** waren (*immer noch!*) und ich **GANZ ALLEIN** (*immer noch!!!*). Und dadurch wurde meine schlechte Laune sogar noch ~~ein bisschen~~ viel schlechter!

Am nächsten Morgen war wieder Schule und das machte die Stimmung auch nicht besser. *Grmpf.*

Es hatte gerade zur ersten Stunde geklingelt, da SPRANG auf einmal die Klassenzimmertür auf. Alle dachten natürlich, jetzt kommt **Mathemonster Strunzdoof** rein und teilt seine Zettel aus, aber es war: JO!

Sie war wieder von Kopf bis Fuß in **SCHWARZ** gekleidet und sah sehr, sehr wütend aus. Vielleicht war sie aber auch nur sehr, sehr konzentriert. Auf jeden Fall kniff sie total entschlossen die Augen unter ihrer Wollmütze zusammen und deutete dann der Reihe nach auf **Smilla, Nuca, Monti und mich.**

„Du, du, du, du! *Mitkommen!*"

Monti stotterte voll verlegen rum. „Aber … aber wir …"

„Wir haben jetzt Mathe", übersetzte Nuca für sie.

Jo interessierte das aber nicht. „Welchen Teil von MITKOMMEN habt ihr nicht verstanden?"

Und weil wir uns

- **erstens** kein bisschen mit Jo anlegen wollten und
- **zweitens** überhaupt keine Lust auf Mathe hatten, trotteten wir einfach schnell hinter Jo aus dem Klassenraum. *Husch, husch.*

Jo führte uns hinter die Fahrradmauer auf dem Schulhof. Wir vier standen im Kreis rum und befürchteten das ALLERALLERSCHLIMMSTE. Zum Beispiel, dass:

- Jo uns aneinanderfesseln und im **Schulteich versenken** würde!
- Jo uns bei lebendigem Leibe in die **Mauer einzementieren** wollte!
- Jo uns in Einzelteile zerlegen und an **Godzilla verfüttern** würde!

Stattdessen funkelte uns Jo aber nur ganz finster an und grummelte schließlich: „Also gut, ihr habt gewonnen! Die SUMPFNASEN sind zu weit gegangen!"

Smilla und ich warfen uns einen ~~voll dämlichen~~ sehr verwunderten Blick zu. Dann räusperte sich Smilla: „Meinst du … die *Amigos?*"

„Nee, ich meine die Heiligen Drei Könige!", giftete Jo zurück und verdrehte die Augen. „Natürlich meine ich die Amigos! Wen denn sonst, **du Dusselkopf?!**"

Und da musste ich schon ganz kurz lachen. Weil noch nie jemand behauptet hatte, dass Smilla irgendwie ***dusselig*** wäre. Weil sie ja eigentlich ziemlich, ziemlich schlau ist. Und wie!

„Jedenfalls hab ich mir überlegt ...“, fuhr Jo fort und holte tief Luft. „Ich mach jetzt doch bei euch mit.“

„Was?!“ Monti verschluckte sich vor Schreck an ihrer eigenen Spucke.

„Na, bei eurer Schwesternsache“, erklärte Jo. „Zu fünft können wir einfach mehr ausrichten. Diese **verdammten Daumenlutscher** hätten meine Klamotten nicht stehlen dürfen! Ich will, dass sie dafür eine ABFUHR bekommen, die sie nicht so schnell vergessen!“

Ich konnte in diesem Moment erst mal gar nichts sagen, weil ich nämlich ganz, ganz doll grinsen musste.

Smilla war auch ziemlich sprachlos.

Nur Monti musste natürlich **unbedingt** weitersprechen. Oh, Mann!!!

„Zu deiner Information, Gruftie Girl: Die Sicret Sistahz sind gestor– **AUAAAAAA!!!**“

Wahrscheinlich wollte sie *„gestorben“* sagen, aber dazu kam sie nicht, weil Nuca ihr nämlich volle Kanne ans **Schienbein** getreten hatte. Mit Karacho!!!

Als Smilla und ich sie überrascht anstarrten, nuschelte Nuca nur ganz leise: „Ich fänd’s **schon ganz gut,** wenn die Amigos eine Abfuhr kriegen. Und wenn Joana jetzt auch mitmachen will, dann ...“

Ungläubig blickten Smilla und ich zu Jo. Die presste die Lippen aufeinander: „Aber nur dass das klar ist: Wir sind **KEINE FREUNDE** oder so!"

Ich schüttelte schnell den Kopf. „Kein bisschen! Wir sind SCHWESTERN! Eine für alle, alle für …"

„Mach dir nicht gleich ins Hemd vor Aufregung, Pfirsichlocke", unterbrach mich Jo und marschierte dann einfach zurück in die Schule. *Stampf, stampf, stampf.*

Smilla rief ihr unsicher nach: „Und wie geht's jetzt weiter?"

„Nach der Schule!", brüllte Jo zurück. „Bei uns im Laden!"

Und dann war sie weg …

Nuca, Monti, Smilla und ich standen trotzdem noch eine ganze Weile hinter der Fahrradmauer rum. Weil wir nämlich

- **erstens** überhaupt kein bisschen glauben konnten, was gerade passiert war, und
- **zweitens** nach wie vor keine Lust auf M+M (= *Mathe + Mundgeruch!*) hatten.

Außerdem hat Monti immer noch ein total gequältes

Gesicht gemacht. So als wäre *schon wieder* irgendein erfundener Onkel gestorben.

„Ich glaub echt nicht, dass das eine **gute Idee** ist."

„Kein Problem. Dann kannst du Jo ja erklären, dass du NICHT mitmachst", sagte ich und grinste. Weil ich nämlich genau wusste, dass Monti lieber ihre Sonnenbrille aufessen würde, als Jo eine Absage zu erteilen. Hihi.

„Kommt schon, Mädels", sagte ich schließlich. „Wir SCHWESTERN sollten zusammenhalten!" Und dann streckte ich meine Hand vor in die Kreismitte.

Nuca machte als Erste mit und dann Smilla. Am Ende legte sogar Monti ihre Hand auf unsere.

Und diesmal sagten wir es zwar leise, aber alle zusammen:

„Eine für alle, alle für mich!!"

~~KAPITEL 12~~

Godzilla und andere Schweinereien

„Wie schön, dass Joana auch endlich mal ein paar FREUNDINNEN nach Hause einlädt! Sonst verbringt sie die **Nachmittage** immer nur mit ihrer Oma …"

Jos Papa war noch viel, VIEL GRÖẞER als auf dem Foto und mindestens **genauso breit!** Bis auf sein Gesicht war sein ganzer Körper voll von ~~unheimlichen~~ geheimnisvollen TÄTOWIERUNGEN und er hatte Muckis so groß wie WASSERMELONEN!

Sein Lächeln war aber sehr, sehr nett und fühlte sich ein bisschen so an wie die **warme Schokomilch,** die er vor uns auf dem Tisch abstellte. Mmmh.

Jo schüttelte voll übertrieben den Kopf. „Das sind nicht meine FREUNDE, Papa! Wir arbeiten nur an einer gemeinsamen Sache. Und es wäre echt supersupercool, wenn du uns nicht dabei störst!"

Ihr Vater hob unschuldig die Hände. „Wenn ihr noch **BUTTERKEKSE** braucht – ich bin vorne im Laden!"

„Dein Papa ist echt nett", sagte ich, als er die Tür hinter sich geschlossen hatte.

Monti verdrehte die Augen und grinste. „Sieh an! Der *Pudelkopf* will sich **einschleimen.**"

„Will ich gar nicht!" Tss!

„Können wir jetzt mal zur Sache kommen?", unterbrach uns Jo und dabei klang sie irgendwie ungehalten. „Wir sind schließlich nicht wegen meinem Papa hier und **GANZ SICHER** auch nicht zum Spaß!"

Ich nickte Smilla zu und die holte MUTIG unseren EHRENKODEX aus der Tasche.

„Was soll das sein?", fragte Jo, als ihr Blick auf den Zettel fiel.

„Unser Ehrenkodex!"

„Was für 'n Ding?!"

„Unser **Eh-ren-ko-dex!**", erklärte Smilla klar und deutlich, aber ihre Stimme war trotzdem ein bisschen belegt. „Wenn du bei den SCHWESTERHERZEN dabei sein willst, musst du zustimmen."

„Hast du zu lang an deinem **Tintenkiller geschnüffelt,** Einstein?" Jo schüttelte fassungslos den Kopf. „Das hier ist doch keine BARBIEPUPPENVERSAMMLUNG!"

„Wir sind auch keine Barbiepuppen, sondern die Sicret Sistahz! Und deswegen ist der Ehrenkodex auch **VOLL WICHTIG!**", verteidigte ich Smilla. „Wenn du nämlich eine SCHWESTER werden möchtest, dann bist du das für IMMER und IMMER und EWIG, und nicht nur für ein paar Tage!" Jawohl!

Nuca nickte ernst, aber ihr Doppelkinn war ~~ziemlich~~ ein bisschen im Weg. „**Freundschaften** können zerbrechen. Aber eine SCHWESTER bleibst du für immer!"

Selbst Monti rümpfte zustimmend ihr Näschen, als Jo sie fragend anstarrte. „Ich sag's echt ungern, aber: PUDELKOPF und ROLLMOPS haben recht. **Wenn wir das hier durchziehen, dann richtig!**"

Eine Zeit lang dachten wir, dass Jo uns gleich alle HOCHKANT rauswerfen würde, bis sie schließlich aufstöhnte. „Meinetwegen. Dann stimme ich eurem blöden KLODEX eben zu ...!"

„Es heißt KO-DEX!", merkte Smilla **oberlehrermäßig** an. „Und du hast ihn ja NOCH NICHT MAL gelesen!"

Trotzig nahm Jo ihr das Papier aus der Hand und begann zu lesen. Als sie fertig war, starrte sie uns **mächtig genervt** an. „Können wir jetzt anfangen?"

„Wir sollten noch einen SCHWUR sprechen", warf

Nuca ein und kaute mal wieder auf einem Kaugummi rum. „Um die ganze Sache so richtig zu besiegeln!"

Das war keine schlechte Idee ... Das Doofe war nur, dass wir überhaupt keinen Schwur hatten. Blöd ...

Nuca räusperte sich verlegen. „Ich hab da mal **eine Kleinigkeit** vorbereitet."

Wir dachten erst, sie meint WAS ZU ESSEN, aber dann fischte sie mit zitternden Fingern ein Stück Papier aus ihrer Tasche. Und darauf stand echt und UNGELOGEN ein richtiger SCHWUR! Boah!

Smilla und mir fielen **fast die Augen** aus dem Kopf, so überrascht waren wir. Nuca hatte einen *Schwur* vorbereitet? Wo gab's denn so was?!

Offenbar verstand Nuca unsere Blicke irgendwie als Aufforderung, denn im nächsten Moment begann sie schon ganz aufgeregt zu lesen:

„Schwesterherzen wollen wir sein,
und fortan ist keine von uns mehr allein!
Wir helfen einander bei jeder Gefahr,
sind immer und voll für die anderen da!
Oh Schwester, mein Herz schlägt kräftig für dich:
Eine für alle und alle für mich!"

Dann war es erst mal ziemlich still im Raum.

Weil wir nämlich alle ~~ein bisschen~~ voll doll überrascht waren!

Weil Nucas Schwur nämlich ~~echt cool~~ OBERHAMMERSUPERCOOL war!! *Wow!*

Monti fand ihre Sprache als Erste wieder. Sie zuckte mit ihren spitzen Schultern, als würde ihr die Sache kein bisschen was bedeuten.

„Meinetwegen können wir den Schwur so lassen …"

Smilla rückte sich ihre Brille zurecht. „Das hast du wirklich gut gemacht, Nuca!"

„Gut? Das Ding ist der HAMMER!", korrigierte ich Smilla. „Ich könnte mir überhaupt **keinen besseren Schwur** für die SICRET SISTAHZ vorstellen!" *Aber echt!!!*

Nuca lief plötzlich ~~voll tomatenrot~~ ein bisschen rot an und schob sich schnell noch einen Kaugummi in den Mund. Dabei huschte ein **ganz kleines,** ganz breites Lächeln über ihr Gesicht.

Jo seufzte genervt. „Können wir dann *jetzt mal* loslegen?"

Wir anderen nickten und hielten unsere Hände nach vorne in den Kreis. Als auch Jo ihre Hand auf unsere gelegt hatte, sprachen wir ganz, ganz FEIERLICH unseren neuen Schwur!

Tadaaa!

Hinterher waren wir alle noch ein bisschen benommen, weil es so *BEWEGEND* war und so ein **supersuperwichtiger Moment** in unserem Leben! Oh ja!

Aber dann musste Jo natürlich mal wieder voll UNFEIERLICH das Ruder an sich reißen.

„Also. Hat irgendjemand von euch Sommersprossen schon einen Plan, wie wir den HOLZKÖPFEN eine Abfuhr verpassen können?"

HA! Das war **MEIN** Moment! Ich hatte mir nämlich schon längst überlegt, wie wir gegen die AMIGOS vorgehen könnten.

„Als **ALLERALLERERSTES** hetzen wir ihnen **GODZILLA** auf den Hals! Die werden sich vor Angst in ihre blöden Fußballshorts *pinkeln!*" Hihi.

Und in diesem Augenblick fiel mir plötzlich was ~~voll Wichtiges~~ GAR NICHT SO UNWESENTLICHES auf. „Wo ist er eigentlich?"

Jo kniff die Augen zusammen. **„Wer?"**

„Na, Godzilla!"

Auf einmal kratzte sich Jo ganz unruhig an der Wollmütze. Kratz, kratz.

„Godzilla ist … nicht hier! **Heute** jedenfalls nicht! **SONST** natürlich schon!“

Monti runzelte die Stirn. „Dir ist schon klar, dass wir SICRET SISTAHZ uns nicht belügen, Gruftie Girl?! Sonst wirst du nämlich ganz schnell wieder rausgeschmissen!“

Jo kniff die Augen noch ein bisschen fester zusammen, so als ob sie Monti mit ihrem Blick WIE EIN BRATHÄHNCHEN grillen wollte. Aber dann seufzte sie plötzlich und ließ die Schultern sinken. „Also gut. Aber wenn ihr es weitersagt, dann beiß ich euch die **FINGERNÄGEL** ab, verstanden?!“ Aua!

Ich musste ein bisschen schlucken.

„Was sollen wir nicht weitersagen …?“

Jo zögerte einen Moment und dann stand sie auf. Mit schlurfenden Schritten verschwand sie aus ihrem Zimmer.

Monti beugte sich unsicher zu uns vor. „Denkt ihr, sie meint das ernst mit den Nägeln? Ich war nämlich grad erst bei der MANIKÜRE! Das hat **ECHT** ein Vermögen gekostet!“

Smilla verdrehte die Augen und wollte ihr IRGEND-

EINEN SUPERSCHLAUEN SPRUCH um die Ohren hauen, aber dazu kam sie gar nicht mehr.

Weil im nächsten Moment nämlich **JO** wieder das Zimmer betrat.

Und in ihrem Arm hielt sie:

~~ein rosa Ferkel~~ das **allerobersüßeste** BABY-SCHWEINCHEN der Welt!!! Quiiiiiek!!!

Nuca ließ ungläubig den Mund aufklappen. „Ist *das* etwa …?"

„Wenn ich jetzt auch nur EIN blödes Wort über Godzilla höre, ZÜNDE ich eure Turnschuhe an!" Jo blinzelte finster in die Runde.

Ich kam langsam auf die Beine und ging auf sie zu. „Kann ich … ihn vielleicht mal halten?"

Jo zögerte einen Moment, aber dann legte sie mir ganz behutsam das rosa Ferkelchen in den Arm. Kreisch!

„Du musst aber **VORSICHTIG** sein. Drück ihn nicht zu fest! Und nicht zu viel rumschaukeln, dann muss er nämlich *kotzen!*"

Ich konnte gar nicht aufhören zu grinsen. Godzilla war echt ~~niedlich~~ supermegahammersüß!

Auch Smilla, Monti und Nuca kamen vorsichtig auf uns zu und streichelten das Schweinchen. Da fiel mir plötzlich etwas Merkwürdiges auf.

„Ist Godzilla etwa … *tätowiert?*"

Tatsächlich waren an der einen Seite dunkle Zeichen auf seiner Haut zu sehen. *Voll schräg*!

Jo presste die Lippen aufeinander und nahm mir das Ferkel aus dem Arm.

„Denkt jetzt ja nicht, das war mein Papa! Der würde so was **NIE UND NIMMER** tun!" Ganz sanft drückte sie Godzilla an sich.

„Wer war es denn dann?", wollte Nuca wissen.

Und da blinzelte Jo uns schon wieder mächtig finster an. Dann seufzte sie.

„Wir waren auf einer TATTOO-MESSE, mein Papa und ich. Und da hat irgend so ein ANFÄNGERIDIOT das Ferkel in einem Hinterzimmer benutzt, um zu ÜBEN!!!" Sie schmatzte Godzilla vorsichtig einen KUSS auf die Schweineschnauze. „Ich hab das Quieken gehört und den armen Kerl befreit! **Hilflose Tiere** zu tätowieren, ist nämlich NICHT erlaubt!" *Woah*!

Ich wusste gar nicht, was mich jetzt gerade MEHR überraschte:

- dass Godzilla **kein blutrünstiger Monsterhund** war oder
- dass Jo DOCH so was wie ein **HERZ** hatte! Krass!

Smilla grinste. „Jedenfalls können wir *diesen* süßen Godzilla wohl kaum auf die Amigos loslassen."

„Na ja." Jo biss sich auf die Unterlippe. „Er kann zwar nicht kläffen, aber er ist **ziemlich gut** darin, UNTERWÄSCHE aufzuessen ..." Und dann lächelte sie tatsächlich ein klitzekleines bisschen.

Und WIR lachten zurück! Hihi.

Monti kicherte. „Das wäre auf jeden Fall eine gerechte Strafe für die AMIGOS, nachdem sie unsere Klamotten geklaut haben!"

„Vielleicht könnte Godzilla ja ihre FUßBALLSHORTS auffressen, und dann müssen die Jungs **in Unterhosen** aufs Feld!", gluckste Smilla.

So ging das noch eine ganze Weile weiter. Zumindest so lange, bis ich VOLL ERNST in die Runde blickte und fragte: **„Hat vielleicht noch irgendjemand ein total wichtiges Geheimnis, das er jetzt mit seinen Geheim-**

schwestern teilen möchte, bevor es wieder zu **MISS-VERSTÄNDNISSEN** kommt?!"

Da wurden plötzlich alle ganz still ... Mucksmäuschenstill!

Monti blies Luft auf ihre bunten Fingernägel und Nuca schmatze **wie wild** auf ihrem siebzehnten Kaugummi rum.

Jo setzte Godzilla auf dem Boden ab. „Hier geht's doch gerade gar nicht um uns, **Pfirsichlocke!**", grummelte sie. „Sondern um die AMIGO-IDIOTEN! Und darum, wie wir SCHWESTERHERZEN ihnen eins auswischen können ..."

~~KAPITEL 13~~

Warum es sich ~~nicht~~ ABSOLUT KEIN BISSCHEN empfiehlt, in einem Umkleidefenster stecken zu bleiben …

Damit hatte Jo natürlich ~~total~~ ein bisschen recht. Wobei es bei den Schwesterherzen natürlich IMMER auch um uns gehen musste! Aber für den Anfang reichte es vielleicht, wenn wir uns auf unsere erste MISSION konzentrieren würden. Und die lautete:

Die Amigos sollten voll qualvoll zugrunde gehen!!

Buhahaaaaa!!! Na ja … sie mussten jetzt nicht unbedingt STERBEN oder so … Aber LEIDEN sollten sie auf jeden Fall! Immerhin hatten sie uns fünf auch leiden lassen! Und dafür hatten sie RACHE verdient!!! Und zwar nicht zu knapp! BÄM!

Weil uns aber erst mal nichts Besseres einfiel, entschlossen wir uns, die Jungs zunächst **auszuspionieren.**

„Du musst deinen Feind gut kennen, um zu wissen,

wie du ihm die BEINE BRECHEN kannst!", erklärte Smilla. Und weil wir daraufhin alle so total irritiert guckten, gab sie zu: „Das hab ich neulich in so 'nem Buch über Kriegsführung gelesen ..."

Die Beine wollten wir den Amigos nicht unbedingt brechen (zumindest jetzt noch nicht!!!), aber die Idee mit dem AUSSPIONIEREN war schon ziemlich gut.

Deshalb verabredeten wir uns für Samstag am Fußballplatz. Samstagmittag hatten die Amigos nämlich ein **voll wichtiges** Spiel. Es war das HALBFINALE für irgendeine Meisterschaft und meine bekloppten Brüder sprachen seit Wochen von nichts anderem. Bla, bla, blangweilig!

Unser erster Gedanke war, die UMKLEIDEKABINE der Jungs zu stürmen, während sie auf dem Platz standen. Dann könnten wir nämlich total fies ihre Sachen durchwühlen und vielleicht sogar ihre Klamotten verstecken, damit sie in ihren **schwitzigen Blödmanntrikots** nach Hause gehen mussten. Ätsch!

Leider ging der Plan ~~überhaupt kein bisschen~~ nicht so ganz auf. Die Umkleidekabine war nämlich **abgeschlossen.** Grmpf.

„Wir könnten ja durch das Fenster rein", hat Jo bemerkt und auf ein offenes Fenster GANZ OBEN in der Umkleide gedeutet.

„Ich kletter da auf keinen Fall rauf!“, hat Monti gleich wieder losgemeckert. „Da zerkratz ich mir den LACK auf den Nägeln! Und Rollmops können wir auch nicht raufschicken. Die bleibt nur wieder stecken …“

Nuca kaute **ganz wild** auf ihrem Kaugummi rum. „Wie oft muss ich das denn noch sagen: *Ich bin nicht dick, ich habe nur schwere Knochen!*“ Ist klar …

„Aber auch die passen nicht durch das schmale Fenster“, gluckste Monti.

„SMILLA muss da rauf!“, sagte Jo entschlossen.

Smilla riss mächtig empört die Augen auf. **„WARUM ICH?“**

„Du bist am kleinsten, du Drops!“, erklärte Jo und grinste. Und alle anderen mussten auch ein bisschen kichern …

Smilla fand das natürlich kein bisschen lustig. Aber die **Beweislage** gegen sie war erdrückend. Heißt: Egal wie sie es drehte, sie war und blieb die ALLER-ALLERKLEINSTE von uns. Pech gehabt …

Also machten wir eine RÄUBERLEITER für Smilla und schoben sie zum Fenster rauf.

Leider war der Vorsprung vor dem Fenster echt schmal. Und auch wenn Smilla ziemlich klein war, wurde es MÄCHTIG ENG für sie da oben. Umständlich quetschte sie ihre Beine durch die Öffnung, aber dann kam sie **irgendwie nicht weiter.** Mist ...

„Du musst mit dem KOPF zuerst", schlug ich vor und klang dabei ~~voll monstermäßig~~ ein kleines bisschen oberschlau. „Der Kopf ist nämlich das allerschmalste Körperteil! Deswegen werden die Babys auch mit dem KOPF zuerst geboren!" Ich hatte nämlich tatsächlich mal aufgepasst im Biounterricht! Ha!

Smilla fand die Idee wohl auch **ganz schön clever,** denn jetzt drehte sie sich oben auf dem Vorsprung und steckte ihren Kopf durch den Fensterspalt.

Das ging VOLL SUPER!

Zumindest bis sie mit den Schultern stecken blieb ... Autsch!

„Ich komm nicht weiter!", jammerte Smilla über uns.

„Dann ruckel doch ein bisschen hin und her", schlug Monti vor.

Und das machte Smilla dann auch.

Bis wir plötzlich dieses komische leise Krachen hörten. Und gleich darauf Smillas Schrei: „~~Scheiße, Scheiße,~~

~~Scheiße!!!~~ Mist, Mist, Mist!!! Meine ~~verdammte~~ Brille ist durchs Fenster gerutscht!!!" Ups …

Das war natürlich gar nicht gut. **KEIN BISSCHEN** gut sogar. Smilla war nämlich noch immer draußen, nur ihre Brille – die lag jetzt in der UMKLEIDE DER AMIGOS. Und die war noch immer abgeschlossen! Aaargh!!!

Ganz blitzemäßig schnell überschlugen wir, was wir jetzt tun konnten, um Smillas Brille zu retten:

1. Die Tür der Umkleidekabine IN DIE LUFT SPRENGEN und die Brille rausholen, bevor die anderen was bemerken. Bäääásh!

2. Heimlich auf den supervollen Fußballplatz schleichen, Trainer Axel Schweiß (der heißt wirklich so!!!) den Umkleideschlüssel ~~klauen~~ entwenden, die Brille befreien, die Umkleide wieder abschließen und den Schlüssel anschließend **VOLL FIES IN DER KLUBTOILETTE** versenken! Harrharr!

3. Die Brille mithilfe vereinter telepathischer SUPERSCHWESTERN-KRÄFTE durch die Luft und das Fenster schweben lassen, bis sie wieder schief auf Smillas Nase sitzt! Whoohoo!

Obwohl wir alle Ideen ~~ganz okay~~ **richtig gut** fanden, entschieden wir uns am Ende doch für Punkt 4:

Voll bedröppelt zum PLATZWART dackeln, ihm beichten, was passiert war, und uns dafür einen ~~höllenmiesen~~ furchtbar übertriebenen Anschiss einstreichen! *Grmpf ...*

Das ALLERGEMEINSTE aber war: Der Platzwart verpasste uns zwar den Anschiss, aber **NICHT** den Schlüssel für die Umkleide! Den hatte er nämlich Trainer Axel Schweiß (*ja, der heißt* ECHT *so!*) geliehen, weil der seinen eigenen Schlüssel zu Hause vergessen hatte. *Was für ein Depp ...!*

Und so kam es, dass wir auf die Halbzeitpause warten mussten.

Und dann dem Trainer beichten mussten, was passiert war.

Und DANN warten mussten, bis Kolja ~~Kacknase~~ mit Smillas Brille aus der Umkleide kam.

Dass er dabei ~~voll zufrieden~~ **total oberdämlich** grinste, ist klar, oder?

„Ich hab 'ne Überraschung für dich, du Baby!", sagte er und grinste Smilla an. „Wir haben die Gläser nämlich extra noch mal sauber gemacht für dich!" Und dann leckte er **MIT SEINER ZUNGE** voll eklig über Smillas Brillengläser. *Würgs!!!*

Erst als Jo sich DIREKT vor ihm aufrichtete, verging Kolja ~~Kacknase~~ das **blöde Grinsen** und er drückte Smilla schnell die Brille in die Hand.

Die wollte Smilla natürlich UM KEINEN PREIS mehr aufsetzen. Zumindest nicht, bevor sie sie nicht **mindestens dreihundert Stunden** ganz gründlich desinfiziert hatte!

Und das konnten wir alle SEHR GUT verstehen …

Es bedeutete aber auch, dass wir unsere MISSION für heute leider abbrechen mussten. Ohne Brille war Smilla nämlich blind wie ein **Hund ohne Augen.** So blind sogar, dass Nuca und ich sie unterhaken und ganz, ganz langsam nach Hause führen mussten. *Schnaaaaaarch.*

Als wir Smilla sicher bei ihrer Mama abgeliefert hatten, gingen Nuca und ich noch ein Stück gemeinsam zurück. Nuca wohnt nämlich nur ein paar Häuser weiter in meiner Straße.

„Willst du vielleicht **ein Kaugummi?**", fragte sie und hielt mir ihre Riesenpackung unter die Nase.

Ich schüttelte den Kopf, weil ich nämlich absolut

keins wollte. Nuca schob sich dafür GLEICH ZWEI in den Mund und begann zu schmatzen.

„Warum isst du eigentlich den ganzen Tag KAUGUMMI?"

Nuca hörte kurz auf zu kauen und sah mich ~~total~~ ein bisschen erschrocken an. „Weil … ich mag das eben!"

Ich runzelte meine Stirn und da merkte Nuca, dass sie <u>**wohl doch eher**</u> die Wahrheit sagen sollte.

Immerhin waren wir jetzt Schwesterherzen! BÄM!

„Der Arzt sagt, es ist besser, Kaugummi zu kauen, als mir ständig was **ECHTES** zu essen in den Mund zu schieben. Kaugummi ist nämlich <u>*zuckerfrei!*</u>"

„Welcher Arzt …?", wollte ich wissen.

Nuca seufzte. „Der, zu dem mich **meine Mama** seit zwei Jahren schleppt. Weil ich doch so dick bin …"

Ich boxte sie kichernd in die Seite. „Ich dachte, du hast nur SCHWERE KNOCHEN?" Hihi.

Nuca hob vorwurfsvoll die Augenbrauen, und da hörte ich <u>lieber schnell wieder auf</u> zu kichern. „Tut mir leid …"

„Kein Problem." Nuca ließ die Schultern hängen. „Der Arzt ist nicht mal das SCHLIMMSTE, was mir meine Mama antut …"

„Wie meinst du das?", hakte ich nach.

„Dass sie mir diesen BABYBRUDER verpasst haben, ist noch viel, VIEL SCHLIMMER!" Nuca wirkte plötzlich ~~ein bisschen~~ monstermäßig unglücklich.

Ich versuchte natürlich sofort, sie aufzumuntern – weil SCHWESTERHERZEN ja genau dafür da sind! Tschaka!!!

„Fridolin ist doch eigentlich ganz süß ..."

Nuca blieb stehen und durchbohrte mich mit ihrem Blick. „KLAR! Er ist ungefähr so süß wie ein SILVESTERBÖLLER, der in deiner Hosentasche steckt!"

Ich musste kichern. „Na ja, er kann echt voll laut schreien ..."

„Machst du Witze? Laut ist völlig **untertrieben!** Der Kampfzwerg raubt mir den letzten Nerv!", gab Nuca zu. „Deshalb fand ich's auch echt witzig, dass du ihm diesen BART gemalt hast!"

Ich verzog das Gesicht. „Eigentlich waren das meine BRÜDER. Ich hab nur den Ärger dafür bekommen ..." *Voll blöd ...*

Nuca dachte einen Moment lang nach und dann nickte sie.

„Das kenn ich gut. Seit Fridolin da ist, bin ich auch an ALLEM schuld. Clemens findet immer einen Grund, auf mir rumzuhacken."

„Ist Clemens dein Papa?"

Nuca schüttelte den Kopf. „Er ist Fridolins Papa. Und Mamas neuer Freund. Und seit er da ist, meint Mama auch, ich wäre zu dick. Weil CLEMENS das nämlich ständig sagt …"

„Und warum gehst du nicht zu deinem echten Papa?", hakte ich nach.

Nuca seufzte. „**Erstens** hab ich meine Mama schon ziemlich lieb. Auch wenn sie viel zu oft auf Clemens hört … Und **zweitens** weiß ich gar nicht, wo mein echter Papa ist. Der ist nämlich abgehauen, als ich vier war …"

„Der hat dich EINFACH IM STICH gelassen?!" Boah!!!

Nuca nickte und sah mir ganz tief in die Augen. „Du erzählst das doch nicht weiter, oder?"

Ich wartete einen kurzen Moment, aber dann legte ich meine Hand auf ihre Schulter und sagte: „Eine für alle, alle für dich!"

Und dann drückte ich Nuca **GANZ FEST** an mich.

Als ich ein paar Meter weiter in unseren Hauseingang einbog, konnte ich gerade noch sehen, wie Nuca sich ein weiteres Kaugummi in den Mund steckte.

Und da dachte ich zum allerersten Mal, dass es echt ~~voll viele~~ ein paar Dinge gibt, die man auf den ERSTEN BLICK überhaupt nicht erkennt. Zum Beispiel, dass einige Menschen gar nicht ~~dick~~ **ein bisschen kräftig** gebaut sind, sondern einfach *sehr, sehr einsam …*

~~Kapitel 14~~

Auf total geheimer Mission

Die Sache mit den Amigos war natürlich noch längst nicht abgehakt. IM GEGENTEIL!

Nachdem sie Smillas Brille ~~beschmutzt~~ verpestet hatten, war unser WUNSCH NACH RACHE noch größer als zuvor! Tschakalaka!!!

Blöderweise war das Schicksal ein **ganz, ganz mieser Schuft!** Denn obwohl die Amigos es ABSOLUT verdient hatten, wenigstens das blöde Fußballspiel zu verlieren, besiegten sie die Gegnermannschaft haushoch und durften deshalb ins Finale einziehen! Und waren darüber natürlich obermegaglücklich! Voll ungerecht!!!

Wir wollten uns davon aber nicht runterziehen lassen.

„Rache ist nichts für Dummköpfe", meinte Smilla. „Das heißt, am Ende werden wir diejenigen sein, die lachen – während die Amigos OHNE ARME UND BEINE im Graben neben den Bahngleisen liegen!!!" Dann lachte Smilla ~~ein bisschen~~ total gespenstermaßig irre und hörte erst auf, als sie merkte, wie wir sie anstarrten.

„Entschuldigung. Ich hab schon wieder in diesem Buch gelesen …"

Tja! So ist das eben mit Büchern. Deshalb muss ich auch ~~manchmal~~ **ganz laut protestieren,** wenn Mama mal wieder meint, *Bücher sind der Schlüssel zu einem erfüllten und glücklichen Leben voller Weisheit und Toleranz!* Weil manche Bücher eben auch der Weg zu einem Leben OHNE ARME UND BEINE sind! Und DAS ist ja wohl kein Stück erfüllt! Basta!

Auf jeden Fall war klar, dass wir die Amigos gleich am Montag nach der Schule weiter ausspionieren wollten.

Natürlich hätten wir sie auch schon am Montagvormittag in der Schule ausspionieren können. Aber die Geschichte hatte einen klitzekleinen Haken. Monti und Jo wollten nämlich ~~UNTER KEINEN UMSTÄNDEN~~ nicht so gerne mit uns gesehen werden.

„Aber wir sind doch SICRET SISTAHZ!", protestierte Nuca. *„Eine für alle, alle für …"*

„Spar dir die Luft zum Kauen, Sahnetörtchen!", unterbrach Jo sie und zog sich die Wollmütze **tief** ins Gesicht.

„Außerdem sind wir SCHWESTERN, ja", gab Monti zu bedenken. „Aber das heißt noch lange nicht, dass wir auch **FREUNDE** sind!"

Und dann schob sie sich wieder ihre monstergroße Sonnenbrille vor die Augen und stöckelte davon. Obwohl hier im Schulflur ja wohl wirklich **absolut kein bisschen** die Sonne schien … *Also echt!!!*

Nuca wollte auch gerade geknickt davonschlurfen, aber dann rief ich ihr hinterher: „Wollen wir uns in der Pause hinter der Fahrradmauer treffen?"

~~Ein bisschen~~ Total überrascht drehte sie sich zu mir um. „Meinst du … *mich?*"

„Nee, ich meine TAYLOR SWIFT! Die turnt nämlich da hinten vor dem Vertretungsplan rum und jongliert mit NASSEN TAFELSCHWÄMMEN!"

Während Nuca sich voll aufgeregt zum Vertretungsplan umdrehte, **boxte** ich ihr meinen Ellenbogen in die Seite. „Natürlich mein ich DICH, du Pappnase! Oder siehst du hier irgendwo noch eine Geheimschwester?"

Nuca lächelte ungläubig und ich flüsterte mächtig geheimnisvoll: „Also. Um halb zehn HINTER DER MAUER?"

„Um halb zehn hinter der Mauer", grinste Nuca. Und

dabei vergaß sie glatt, sich das Kaugummi in den Mund zu schieben, das sie gerade in der Hand hielt … Yes!

„Was war denn DAS für eine Aktion?", fragte Smilla verwundert, als wir beide ins Klassenzimmer huschten.

Aber ich grinste nur und straffte die Schultern. „Manche Dinge verstehst du eben nicht, indem du schlaue Bücher liest, sondern indem du **HINTER DIE GANZEN KAUGUMMIS** siehst!"

Und das verstand Smilla natürlich ~~kein bisschen~~ noch viel weniger … Hihi.

Nach der Schule warteten wir ungefähr eine ~~halbe~~ **ewige Ewigkeit** am geheimen Treffpunkt auf Monti. Dann kam sie ENDLICH um die Ecke gehopst!

„Kannst du keine Uhr lesen?!", pfefferte Jo sie an.

Aber Monti schob sich nur geheimnisvoll die Sonnenbrille in die Stirn.

„Es gab einen NOTFALL! Der hat keinen Aufschub geduldet!"

Und weil wir sie alle weiter **voll erwartungsvoll** anstarrten, flüsterte sie schließlich: „Da war plötzlich ein GIGANTISCHER PICKEL auf meinem Kinn! Den musste ich erst mal fachgerecht entfernen!"

Smilla verzog das Gesicht. „Du lässt uns wegen 'nem *Pickel* warten?!"

Monti zuckte mit den Schultern. „**ERSTENS:** Das war kein normaler Pickel, der war groß wie 'ne GLÜHBIRNE! Und **zweitens** …" Sie deutete grinsend auf Nuca. „Der Rollmops hier würde uns sogar für 'ne Tüte KALTE FRITTEN warten lassen, also regt euch nicht so auf!"

Gemein!!!

Ich presste meine Lippen aufeinander und stellte mich direkt vor Monti. „Erstens ist Nuca nicht DICK, sie hat einfach nur SCHWERE KNOCHEN! Und zweitens: Du hättest die Glühbirne ruhig an deinem Kinn lassen sollen! Dann hätte wenigstens EIN LICHT an deinem Kopf gebrannt. Sonst herrscht da drinnen ja wohl dunkelste Dunkelheit!" Ich tippte ihr an die Stirn.

Haha!

Monti holte vor Aufregung ganz, ganz viel Luft, aber bevor sie sie wieder ablassen konnte, mischte sich Nuca ein: „Wenn wir noch weiterstreiten, holen wir die AMIGOS gar nicht mehr ein!"

Jo nickte. „Die sind schon **vor zehn Minuten** abgezogen. In Richtung Osteracker!"

Monti verdrehte die Augen. „Die wollen bestimmt

zum Zirkus. Hätte ich mir gleich denken können, dass die WINDELPUPSER auf so was stehen …"

„ZIRKUS?" Ich blickte Monti neugierig an. „Seit wann ist denn ein Zirkus auf dem Osteracker?"

„Seit heute, Pudelkopf! Liest du denn keine NEWS auf deinem Smartphone? Ach warte!" Monti grinste. **„Du hast ja gar keins …!"** Grmpf.

Ich musste mich schwer zusammenreißen, um meiner *neuen Schwester* nicht an die Gurgel zu springen!

Smilla aber fasste bereits mein Handgelenk und zog mich weiter. „Lasst uns nicht noch mehr Zeit verlieren!"

Der Osteracker heißt OSTERACKER, weil rund um die Wiese ganz, ganz viele **krumme Haselnusssträucher** stehen. Und an diesen Sträuchern hängen jedes Jahr zu Ostern ganz, ganz viele bunte Ostereier.

Weil jetzt aber Sommer und nicht Ostern war, war auch von Ostereiern nichts zu sehen. Sehr wohl zu sehen war aber: DER ZIRKUS! Tadaaa!!!

Das bunte Zelt war mitten auf der Wiese aufgebaut worden. Auf der Rückseite standen ein paar Zirkuswagen, und die bildeten so eine Art Halbkreis um ein eingezäuntes Stück Wiese.

„In den Wagen wohnen die Zirkusleute“, erklärte uns Smilla.

Jo grinste. „Stand das etwa auch in deinem SCHLAUEN BUCH über Kriegsführung, Einstein?“

Und da mussten wir alle ein bisschen lachen. Aber natürlich **nicht zu laut!** Immerhin waren wir auf der Suche nach den ~~blöden~~ AMIGOS und wollten dabei auf keinen Fall entdeckt werden! Also pssst!

Deshalb spazierten wir auch nicht einfach so quer über die Wiese auf den Zirkus zu, sondern verschwanden blitzeschnell ZWISCHEN EINIGEN HASELNUSSSTRÄUCHERN und schoben uns durch das **monstermäßig piksige Gebüsch.** Aua!

„Seht ihr sie irgendwo?“, zischte Jo uns zu und schob sich ihre Wollmütze aus der Stirn.

Aber Monti motzte nur: „Voll die bekloppte Idee hier! Ich mache mir mein GANZES OUTFIT dreckig!“

Dabei war Monti selber schuld, die stellte sich nämlich echt ~~ein bisschen~~ **mordsmäßig** DÄMLICH an beim Durchs-Gebüsch-Krabbeln. Ungefähr so wie eine vierbeinige Spinne auf Stöckelschuhen …

Nur von den Amigos war blöderweise tatsächlich keine einzige Spur!

Um sicherzugehen, dass sich die STROHKÖPFE nicht hinter dem Zelt versteckten, schlugen wir uns noch ein ganzes Stück weiter durch die Büsche.

Dann hatten wir endlich die Zirkuswagen erreicht und krochen aus dem Gestrüpp. Zwischen den Wagen konnte man nämlich PRIMA HERUMSCHLEICHEN, ohne gleich entdeckt zu werden. Ha!

Und dann sahen wir sie!

Nee, nicht die Amigos …

ABER DAFÜR ZWEI VOLL SCHÖNE PFERDE!!!

Kreiiiiiisch!!!!

Mein Herz fing gleich **GANZ WILD** an zu schlagen, weil ich mir ja praktisch ~~schon ganz lange~~ SCHON IMMER ein Pferd gewünscht hatte! Und diese zwei hier waren wirklich **obermegahammerschön!** Sie standen auf dem eingezäunten Stück Wiese hinter dem Zelt und schmatzten genüsslich auf ein paar Grasbüscheln rum. Und dabei klangen sie ~~total~~ fast ein bisschen wie Nuca beim KAUGUMMIKAUEN. Nur viel, viel süßer natürlich!!! Ist doch klar, oder?

„Die muss ich unbedingt streicheln!", flüsterte ich und wollte aus unserem Versteck krabbeln. Aber Nuca und Jo hielten mich **EISKALT** an den Fußgelenken fest, sodass ich das Gleichgewicht verlor und **total mies** mit dem Gesicht im MATSCH landete! Bäh!

„Seid ihr verrückt geworden?!", fauchte ich die beiden an.

Aber Nuca schmatzte nur und Jo grinste: „Wir dürfen unsere Deckung nicht aufgeben, Pfirsichlocke. Schließlich sind wir wegen der AMIGOS hier und nicht wegen zwei PONYS!"

Ich wollte gerade etwas ~~voll Fieses~~ **total Angemessenes** erwidern, als wir plötzlich ein ängstliches WIEHERN hörten. Es gehörte NICHT zu den beiden Pferden, sondern zu einem dritten Pony! Und das war

- erstens miniwinzigklein und wurde
- zweitens von einem Jungen **in unserem Alter** aus dem Zelt auf die eingezäunte Wiese geführt!

„Das ist ja ein supersüßes Pferd!", säuselte ich den anderen zu.

Aber Monti schnalzte nur mit der Zunge und schüttelte den Kopf. „Tss! Das ist NIE UND NIMMER ein **Pferd!** Das geht mir höchstens bis zum Bauchnabel!"

Jo schob sich die Mütze über den Augen zurecht.

„Was sollte das denn bitte sonst sein, du Gipsbirne? Ein SCHÄFERHUND IM PFERDEKOSTÜM, oder was?!"

Monti schnappte empört nach Luft, aber da mischte sich Nuca ein.

„Das ist ein ZWERGPONY. Die werden nicht größer. Letztes Jahr haben wir Urlaub an der Ostsee gemacht und da bin ich auf so einem Pony geritten."

Monti lachte voll fies auf. „Wer's glaubt, wird selig, Rollmops! Wenn DU auf so 'nem Pony sitzt, bricht das Tier **garantiert** zusammen!"

Nuca wollte gerade protestieren, aber da hatte Monti schon etwas anderes entdeckt.

„Woah! Seht ihr, was ICH sehe?!" Dann zupfte sie ganz hektisch ihr Handy aus der Hosentasche und richtete die Kamera aufgeregt auf das Zwergpony. „Der sieht ja aus wie JUSTIN BIEBER!!!" Hä?!

Smilla und ich warfen uns einen irritierten Blick zu.

Jo kniff die Augen zusammen. „Seit wann hat Justin Bieber denn so 'ne **Topffrisur** und einen SCHWEIF AM HINTERN?"

Monti verdrehte die Augen. „Ich meine den JUNGEN und nicht das Pferd, Gruftie Girl! Von dem muss ich unbedingt ein Video machen! Das bringt mir mindestens vierhundert LIKES!“ Sie kicherte und klickte wild auf ihrem Handy rum.

Nuca richtete sich vorsichtig auf und blinzelte Monti konzentriert an. Offenbar hatte sie den Seitenhieb mit dem *Rollmops auf dem Ponyrücken* noch nicht so ganz verdaut, denn plötzlich grinste sie **total merkwürdig.**

„Und was meinst du, wie viele LIKES ich HIERFÜR kriege?“ Und dann kickte sie Monti VOLLE KANNE mit ihrem Hintern zur Seite. BÄM!

Und weil Nucas Hintern irgendwie ~~mordsmäßig viel~~ **ein bisschen größer** war als Montis, kippte Monti total hilflos um und ihr Handy landete im Matsch! Hihi.

Smilla und ich wollten gerade loslachen, aber da bemerkten wir plötzlich etwas, was KEIN BISSCHEN zum Lachen war! Der Junge griff sich nämlich auf einmal einen voll großen, voll langen STOCK vom Boden. Und mit diesem voll großen, voll langen Stock schlug er dem armen Zwergpony VOLL FIES auf den Hintern … Aua!!!

KAPITEL 15

Rettung für Angela Merkel

Wir waren alle total sprachlos. Selbst Monti, die bis eben noch MÄCHTIG böse auf Nuca gewesen war, fand überhaupt keine Worte. Stattdessen hob sie nur ihr Handy aus dem Matsch und starrte den Jungen an.

„Was macht der da?"

Jo runzelte die Stirn. „Ich kenn mich mit Ponys nicht aus, aber das sieht mir nicht nach FELLPFLEGE aus."

Tatsächlich versuchte der Junge das Pony eher irgendwie zu dressieren. Denn während er mit dem Stock auf den Hintern schlug, zischte er immer wieder: „Los! Jetzt mach schon! **BITTE!!!** Spring endlich!"

Das Zwergpony wieherte und wollte den Schlägen ausweichen. SPRINGEN wollte es aber trotzdem nicht! Kein Wunder!!!

Im nächsten Moment steckte eine Frau ihren Kopf aus einem der Zirkuswagen. „JIMMY?"

Der Junge versteckte blitzschnell den Stock hinter

seinem Rücken und tat so, als würde er das Pony streicheln.

„Was ist, Mama?" *Voll scheinheilig* …

„Es wird Zeit für dein **Clownstraining!**"

Jimmy verzog das Gesicht, so als hätte er darauf **kein bisschen** Lust. „Noch zehn Minuten! Ich trainiere grad mit **Angela Merkel!** Ich bin mir ganz sicher, dass sie MORGEN mit mir in der Show auftreten kann!"

Die Frau seufzte. „Fünf Minuten! Und wasch dir die Hände, bevor du dein KOSTÜM anziehst!" Dann verschwand ihr Kopf wieder im Zirkuswagen.

Monti verzog irritiert das Gesicht. „Hat der grad **ANGELA MERKEL** gesagt?"

Smilla nickte und rückte sich die Brille zurecht. „Das ist unsere *Bundeskanzlerin!*"

„Ich weiß, wer das ist!", zischte Monti zurück. „Aber was hat die mit dem Pferd zu tun?"

„**Erstens** ist das ein Zwergpony", korrigierte ich sie, „und **zweitens** heißt es vermutlich Angela Merkel."

„Was für ein beklopptер Name für ein Pferd …", stellte Monti fest und rümpfte die Nasenspitze.

Ich fand aber, der Name passte irgendwie schon ein bisschen. Weil das Pony nämlich **voll die ähnliche Frisur** hatte wie Angela Merkel. Vorne ein gerader Pony und hinten eher kurz und rund. Ein bisschen wie ein Ritterhelm … Hihi.

Aber eigentlich war das alles im Moment **monstermäßig egal.** Wichtig war etwas ganz anderes:

„WIR MÜSSEN DAS PONY RETTEN!" Und zwar so was von!!!

Die anderen sahen mich ein bisschen verwundert an.

Jo zupfte unsicher an ihrer Mütze rum. „Ich dachte, wir suchen die Amigos und verpassen ihnen eine Abfuhr. Das war doch der Plan, oder?"

„Manchmal ändern sich Pläne eben!", stellte ich klar. „Hier ist ein TIER IN NOT! Und wir sind die SICRET SISTAHZ! Und die *total geheimen Schwesterherzen* wären absolut keine *total geheimen Schwesterherzen*, wenn sie sich darum nicht kümmern würden!" Basta!

Nuca, Monti und Jo warfen sich trotzdem noch einen voll verwirrten Blick zu.

In diesem Moment schlug der **oberblödfiese** Jimmy schon wieder mit seinem Stock auf das Pony ein und zischte: „Komm schon! Spring doch endlich! Ich will nicht ewig der doofe Clown sein!!!"

Und da kam Smilla mir ENDLICH zu Hilfe.

„Bonnie hat recht. Wir müssen was unternehmen!"

„Und was ist mit den Amigos …?", hakte Jo nach und grummelte ein bisschen. Dabei wusste ich **GANZ GENAU**, dass sie dem Pony auch helfen wollte! Immerhin hatte Jo ja schon mal gezeigt, dass sie ein RIESENGROẞES HERZ für Tiere hat! Oh ja!

„Die Amigos sind morgen immer noch da. Und leider auch noch übermorgen und **überübermorgen** und vermutlich für immer", stellte ich fest. „Aber der Zirkus bleibt nur ein paar Tage!"

Smilla nickte. „Wir verschieben die Sache mit den Amigos. Und kümmern uns erst mal um *Angela Merkel!*"

Nuca kratzte sich unsicher am Kinn. „Und wie wollen wir das Pony retten?"

Einen Moment lang dachten wir alle nach, und dann kam mir plötzlich ein **VOLL GUTER** Gedanke.

„Ich glaub, ich hab da schon eine Idee …", sagte ich und grinste ganz, ganz breit. Ha!

„Du willst EIN PFERD ENTFÜHREN?" Monti war irgendwie ziemlich hysterisch, als wir nach Hause spazierten.

Ich rollte mit den Augen und sah mich vorsichtig zu

allen Seiten um. „Erstens ist Angela Merkel ein **Zwergpony**! Und zweitens: Wenn du NOCH LAUTER schreist, können wir die Sache gleich vergessen!"

„Ich hoffe, ich kann heute Nacht unbemerkt aus der Wohnung schleichen. Mein Papa schaut immer ziemlich lange Fernsehen …", erklärte Smilla.

„Ich denke, bei mir wird es klappen", sagte ich und blinzelte die anderen an. „Wie ist es mit euch? Meint ihr, es gibt Schwierigkeiten?"

Nuca schnalzte mit der Zunge. „Auf keinen Fall. Mama und Clemens interessieren sich eh nur für Fridolin. Die **merken gar nicht**, wenn ich nicht da bin …"

„Ich klettere einfach durchs Fenster", grummelte Jo. „Dann muss ich nicht an meinem Papa vorbei. Der hat nämlich ECHT gute Ohren."

„Und was ist mit dir?" Smilla sah Monti an.

Die zuckte mit den Schultern. „Wird schon gehen …" Dann presste sie ihre Lippen aufeinander und sagte **kein Wort** mehr.

Was aber auch nicht schlimm war. Weil die Worte, die Monti sonst so sagte, meist *kein bisschen* SINNVOLL waren. Ätsch!

„Also gut", verkündete ich, als wir wieder an der

Schule angekommen waren. „Heute um MITTERNACHT AM OSTERACKER!" Dann streckte ich meine Hand in die Kreismitte und die anderen machten mit. „Eine für alle, alle für mich!"

Nur Nuca kicherte. „Na ja. Diesmal ja wohl eher ‚Alle für ANGELA MERKEL'!"

Und damit hatte sie so was von recht! Tschaka!

Nachts aus dem Haus zu schleichen war noch VIEL SPANNENDER, als ich es erwartet hatte!

Mama hat noch eine voll lange Ewigkeit Zeugnisse geschrieben und ich musste mich sehr, sehr anstrengen, um **nicht einzuschlafen.** Was ~~gar nicht so einfach~~ **total monstermäßig schwer** war, weil mein bekloppter Zwillingsbruder Neo erst TOTAL STINKIG auf mich runtergepupst hat und dann wie ein **SEEBÄR MIT SCHNUPFEN** geschnarcht hat …

Außerdem ist es echt schwer, NICHT einzuschlafen, wenn man unbedingt NICHT einschlafen will! Boah!

Auf jeden Fall ist Papa früh ins Bett gegangen, weil er nämlich ENERGIE tanken wollte für die Dreharbeiten in ein paar Tagen, und Mama ist gegen elf Uhr über ihrem Schreibtisch eingepennt. Puh!

Ich bin dann **blitzeschnell** in meinen Jogginganzug geschlüpft und zur Wohnungstür rausgehuscht. Und dabei hab ich mich ~~ein bisschen~~ total doll gefühlt wie eine SUPERGEHEIME SUPERHELDIN! Und das bin ich ja irgendwie auch als **supergeheime Geheimschwester.** BÄM!

Tatsächlich war ich gar nicht die Erste, die am Treffpunkt ankam. Monti und Nuca waren nämlich schon vor mir da, aber sie hatten sich offenbar nicht so viel zu sagen … Stattdessen standen sie schweigend nebeneinander und haben mit den Fußspitzen im Kies rumgemalt. Und Nuca hat wieder ganz **fürchterlich schmatzig** auf einem Kaugummi rumgekaut.

Als Nächstes kam Smilla an. Sie war mächtig abgehetzt und hatte immer noch ihren PYJAMA an.

„Tut mir leid", japste sie. „Ich konnte mich nicht mehr umziehen! Mein Papa sitzt IMMER NOCH vor der Glotze. Ich musste schnell verschwinden, als er auf die Toilette geschlurft ist!"

„Dann fehlt ja nur noch GRUFTIE GIRL", stellte Monti fest und verschränkte gelangweilt die Arme vor der Brust.

Wir warteten noch ZWANZIG MINUTEN, aber Jo kam einfach nicht. *Grmpf*.

„Vielleicht wurde sie aufgehalten", flüsterte Nuca, aber Monti schnalzte mit der Zunge.

„Ach was! Die lässt uns EISKALT hängen!"

„Das glaub ich nicht", sagte ich. „Schon vergessen: Wir sind die SICRET SISTAHZ! Wir lassen einander nicht im Stich!"

Aber leider kam Jo auch nach weiteren fünf Minuten nicht … *Doof*.

„Ich schlage vor, wir fangen ohne sie an", beschloss Smilla schließlich. „Sonst stehen wir **morgen früh** noch hier, wenn die Sonne aufgeht. Und dann können wir für Angela Merkel ja nicht mehr viel tun …"

Obwohl ich es NICHT SO TOLL fand, ohne Jo anzufangen, nickten wir alle und stimmten Smillas Vorschlag zu. Immerhin ging es hier nicht um uns, sondern um Angela Merkel!

Weil wir jetzt ja nicht fürchten mussten, von den AMIGOS entdeckt zu werden, krabbelten wir diesmal nicht durchs Gebüsch, sondern schlichen einfach QUER ÜBER DIE WIESE. Natürlich waren wir dabei trotzdem ganz, ganz leise! Bis auf Monti, die sich **ERST** beschwerte, dass Nuca *megalaut auf ihrem Kaugummi* rumschmatzte, und **ANSCHLIEßEND** über eine Wurzel stolperte und einen QUIEKENDEN SCHREI ausstieß! Argh!

Zum Glück war Nuca gleich neben ihr und zog sie hinter einen der Zirkuswagen.

Dort warteten wir, bis wir ganz sicher waren, dass uns keiner gehört hatte. Puh …

Zum Glück war Angela Merkel nicht irgendwo IM Zelt eingesperrt. Das Zwergpony stand hinter dem Hauptzelt an den Zaun gebunden und graste in der Dunkelheit.

Ganz vorsichtig schlichen wir uns an. Als Angela Merkel uns bemerkte, blinzelte sie TOTAL NEUGIERIG unter ihrem Pony hervor.

„Shhh! Alles gut!", flüsterte ich und strich ihr durch die Mähne. „Wir sind die SICRET SISTAHZ und wir sind hier, um **dich zu retten!**"

„Willst du ihr jetzt etwa noch unsere Namen buchstabieren, oder was?", zischte Monti.

Ich warf ihr einen Blick zu, der NOCH FINSTERER war als die finsterste Dunkelheit, aber Smilla mischte sich ein: „Ich sag es nur ungern, aber Monti hat recht. Wir sollten uns echt beeilen!"

Mürrisch nickte ich und sprang dann über den Zaun.

„Kann mir mal jemand mit dem KNOTEN helfen?" Die anderen kletterten zu mir rüber und gemeinsam fingerten wir an dem VOLL FESTGEKNOTETEN Knoten rum! Der ging nämlich **einfach nicht auf!** Grmpf!

„Wir brauchen irgendwas Spitzes! Ein Messer oder so", stellte Smilla fest.

„Kein Problem, Einstein!", witzelte Monti. „Mein Messer hab ich gleich hier in der Tasche mit meinem **STAUBSAUGER** und dem **NOTFALLKÜHLSCHRANK!**" Sie lachte, aber natürlich war die ganze Angelegenheit kein bisschen lustig!

Noch **viel weniger lustiger** wurde es, als plötzlich ein SCHATTEN auf uns zukam und mit tiefer Stimme zischte: ***„Hey! Was macht ihr da?"***

Uns allen rutschte das Herz in die Hose und blieb irgendwo zwischen den Kniescheiben hängen …

Mistekiste.

~~KAPITEL 16~~

Ein Pony im Aufzug

Im nächsten Moment fingen unsere HERZEN zum Glück aber wieder **GANZ WILD** an zu pochen, weil der Schatten nämlich näher kam und wir erkannten, wer es war.

„JO!“ Ich motzte sie wütend an. „Bist du verrückt geworden?!“

Jo grinste. „Ihr hättet mal **eure Gesichter** sehen sollen!“

„Wieso kommst du denn erst jetzt?“, zischte Smilla ihr zu.

„Wir waren vor *EINER HALBEN STUNDE* verabredet!“ Aber echt!

„Ich konnte nicht früher“, sagte Jo und blinzelte nüchtern.

„Weil du erst AUS DEINER GRUFT steigen musstest, oder was?“, giftete Monti ihr entgegen.

„Weil ich erst warten musste, bis Godzilla eingeschlafen war, du Gipsbirne!“, erklärte Jo. „Der hat nämlich

WIE VERRÜCKT gequiekt, als ich zum Fenster rauswollte!"

Monti kicherte. „Sieh mal an! Du hast so 'ne große Klappe – aber machst Männchen, wenn dein Schweinchen quiekt."

In diesem Moment sah Jo aus, als wollte sie Montis Seidenhaare gleich AM ZAUN FESTKNÜPFEN, deshalb mischte ich mich schnell ein.

„Wir haben jetzt grad andere Probleme! Den KNOTEN hier zum Beispiel!"

Jo schob sich die Mütze aus der Stirn.

„Zeig mal her." Dann fing sie an, GANZ BLITZESCHNELL am Seil rumzufingern – und schon war der Knoten auf! WOAH!

„Wie hast du das gemacht?", staunte Nuca, und dabei fiel ihr der Kaugummi ~~ein bisschen~~ voll peinlich aus dem Mund.

Jo zuckte nur ungerührt mit den Schultern. „Hat mir meine Mama beigebracht. Die konnte nämlich echt gut segeln."

„Konnte?" Monti verdrehte die Augen. „Ist deine Mutter TOT, oder was?"

Sie wollte gerade auflachen, aber da hat Jo auch

schon ihre Haare gepackt und sie voll fest an sich rangezogen! Autsch!

KEIN BISSCHEN lustig funkelte sie Monti an.

„Noch EIN Wort über meine Mutter und ich binde dir deine Haare an der nächsten ROLLTREPPE fest, verstanden?"

Und obwohl hier weit und breit keine Rolltreppe zu sehen war, traute sich keine von uns, was zu sagen.

Vor allem nicht über **Joanas Mama** ... Schluck.

Monti nickte jedenfalls ganz schnell und da ließ Jo ihre Haare zum Glück wieder los. Stattdessen griff sie sich das Seil, an dem Angela Merkel befestigt war, und führte das Zwergpony durch das GATTER am Ende des Zauns.

„Und wo bringen wir sie jetzt hin?", hakte Nuca nach, während wir Angela Merkel über die Straße in Richtung Schule führten.

„Natürlich ZU MIR!", sagte ich entschlossen und grinste. „Ich hab mir schon immer ein **eigenes Pferd** gewünscht!"

„Erstens ist sie ein Zwergpony!", grinste mir Monti voll oberschlau entgegen.

„Und zweitens", pflichtete ihr Smilla bei, „wo soll sie denn in eurer Wohnung bleiben?"

„**In meinem Zimmer**", sagte ich.

Aber die anderen zogen die Augenbrauen hoch.

„Du teilst dir das Zimmer mit NEO! Und der ist vielleicht ~~ein bisschen~~ **mordsmäßig blöd**, aber sicher **NICHT BLIND!** Denkst du, der merkt nicht, wenn da plötzlich ein Pony steht?"

Auch wenn ich es ungern zugeben wollte: Das war natürlich ein Argument. *Grmpf.*

Neo würde Angela Merkel nicht nur bemerken, sondern ~~vermutlich~~ **ganz sicher** auch bei Mama verpfeifen! Und wie die zu eigenen Pferden stand, wusste ich ja schon … *Total ungerecht!*

Zu Smilla konnten wir Angela Merkel jedenfalls auch nicht bringen. Sie hatte zwar ihr eigenes Zimmer, aber jetzt fiel uns die Sache mit dem PFERDEGULASCH wieder ein! *Würgs!* Und wir konnten ja wirklich ~~nicht~~ **UNTER GAR KEINEN UMSTÄNDEN** das Risiko eingehen, dass Angela Merkel nach ihrer Rettung in einem KOCHTOPF landete!

„Fridolin hat leider eine Tierhaarallergie …“, sagte Nuca geknickt, weil sie Angela Merkel ansonsten sehr, sehr gerne bei sich aufgenommen hätte.

Und zu Jo konnte das Pony leider auch nicht.

„Wir haben ja schon Godzilla. Mein Papa findet das bestimmt nicht gut, wenn wir bald ’nen ganzen ZOO im Laden haben …“

Also blieb nur noch EINE übrig.

„Meinetwegen …“, seufzte Monti. „Dann bringen wir sie eben zu mir. Aber nur, bis wir **WAS BESSERES** gefunden haben! Und wehe, sie *kackt* mir in den Aufzug!“

Wir wussten alle, dass Monti ziemlich reich war. Aber dass sie SO REICH war, hatten wir nicht geahnt!

Unten an der Haustür musste Monti ihren Finger auf so ein **ultraobermodernes Bildschirmfenster** legen. Dann ertönte eine voll freundliche Stimme: *„Herzlich willkommen, Fräulein Jackson!“*, und die Tür wurde mit einem SURREN geöffnet.

„Ist das **euer Diener,** oder so?“, fragte Nuca.

„Wir haben keinen Diener, Rollmops! Das war nur ’ne Computerstimme, nachdem das System meinen Fingerabdruck erkannt hat.“ Aha …

Im Haus selbst war jedenfalls alles SUPERSUPERSCHICK. Überall war **MARMOR UND GOLD** und überhaupt sah alles ~~ein bisschen~~ **unfassbar teuer** aus.

Ich strich vorsichtig durch Angela Merkels Mähne. „Gehört das alles euch …?"

Monti schüttelte den Kopf und ging auf einen Aufzug zu. „Nur das PENTHOUSE ganz oben. Meine Mama mag es eher kuschelig klein."

Von *kuschelig klein* war oben im Penthouse allerdings kein bisschen was zu sehen!

Als sich die AUFZUGTÜREN wieder öffneten, standen wir schon mitten in der Wohnung. Und die war echt ~~RIESIG~~ **ganz schön** groß! *WOW!*

Irgendwie gab es hier kaum Wände, sondern nur ganz HOHE FENSTER und an der sehr, sehr hohen Decke baumelten glitzernde **RIESENKRONLEUCHTER.** Hab ich schon WOW gesagt?!

Gemeinsam führten Jo und ich Angela Merkel aus dem Aufzug.

Monti klatschte zweimal in die Hände, und dann ging nicht nur DAS LICHT an, sondern auch **ziemlich coole Musik.**

„Müssen wir nicht *leise sein* wegen deiner Eltern?“, flüsterte Smilla ganz aufgeregt, aber Monti schüttelte den Kopf.

„Mein Papa ist in NEW YORK. Schon seit zwei Monaten.“

„Und deine Mama?“, fragte Nuca.

Monti kramte ihr iPhone aus der Tasche und öffnete ihr Textnachrichtenprogramm. „Paris!“, sagte sie dann und zeigte ein Foto, das Montis Mutter in einem **superschicken Kleid** vor dem Eiffelturm zeigte. „Da ist irgend so ein CHARITY-DING …“

Wir anderen blieben stehen und sahen uns verwundert an. *Wie bitte?!*

„Und die lassen dich **EINFACH SO** alleine?“, wollte ich wissen.

Monti zuckte mit den Schultern. „Ich bin schließlich KEIN BABY mehr!“ Trotzdem hatte ich das Gefühl, dass sie ein kleines bisschen schlucken musste. ICH jedenfalls hätte ~~ganz schön doll~~ geschluckt, wenn meine Eltern mich einfach alleine gelassen hätten … (Obwohl die beiden natürlich ~~oft~~ meistens TOTAL NERVIG waren! *Aber so was von!!!*)

„Am besten, wir bringen das Pony raus auf die TER-

RASSE", sagte Monti schließlich und klatschte **dreimal** in die Hände. Daraufhin öffnete sich eine der Fensterwände und dahinter lag:

1. eine riesig, riesig große Dachterrasse!

2. Mit einem ECHTEN Pool!!

3. Und ein paar PALMEN!!!

„*Wow ...*", staunte Smilla und musste aufpassen, dass ihre Brille nicht in den Pool plumpste. „Ich glaub, eure Terrasse ist größer als unsere GANZE WOHNUNG!"

Und damit hatte sie ~~wahrscheinlich~~ **auf jeden Fall** recht!

Jo knotete Angela Merkel vorsichtig an einer Palme fest.

„Ich muss jetzt wieder. Nicht dass Godzilla wach wird und meinen Papa weckt."

Nuca, Smilla und ich mussten natürlich auch nach Hause. Schade ...

Als wir in den Aufzug stiegen, trippelte Monti ein bisschen nervös hin und her.

„Ihr … ihr kommt aber morgen wieder, um das Pony zu besuchen, oder?"

„Darauf kannst du GIFT nehmen!", grinste ich. Und dann schloss sich die Aufzugtür hinter uns …

~~KAPITEL 17~~

Sicret Sistahz undercover

Das Blöde am nächsten Morgen war, dass ich

1. voll **oberfies müde** war und
2. die Schule trotzdem nicht ausfiel, sondern
3. sogar mit OBERSTINKER STRUNZ startete!!! Aaaaargh!!!

Dafür war es ein voll gutes Gefühl zu wissen, dass wir heute Nacht etwas MEGAOBERHELDENHAFTES getan hatten! Bäsh!

Auf jeden Fall sahen die anderen alle genauso fertig aus wie ich.

Monti konnte das aber ziemlich gut verstecken, weil sie wieder ihre **supergroße Sonnenbrille** trug. Hinter der ist sie dann sogar eingepennt, während Strunzikowski vorne irgendwelche Bruchzahlen an die Tafel ~~gestinkert~~ geschrieben hat …

Irgendwann hat sich dann aber Maja Holmbach gemeldet: „Herr Strunz! Ich glaube, Montana **SCHNARCHT** hinter ihrer Sonnenbrille!" *Voll die Verräterin!*

Aber bevor er Monti anmeckern konnte, hat Nuca ihr schnell unterm Tisch ANS SCHIENBEIN GETRETEN. Und während Monti erschrocken hochgefahren ist, hab ich ganz laut protestiert: „Gar nicht wahr! Montana trauert! Ihr Onkel ist gestorben!" (Weil SCHWESTERHERZEN sich nämlich aus der Patsche helfen, auch wenn sie sich ~~kein bisschen~~ nicht unbedingt gut leiden können! *Jawohl!*)

Auf jeden Fall hat Herr Strunz auf einmal **ganz bedröppelt** gesagt, es *täte ihm leid,* und Maja hat total blöd die Augen verdreht. Doofe Pute! Ein Glück, dass die nicht bei uns SICRET SISTAHZ mitmachen wollte! So eine PETZESCHWESTER kann nämlich ~~niemand~~ absolut kein Mensch auf der Welt gebrauchen! Ist so!!!

Monti war jedenfalls **ziemlich dankbar** für unseren Einsatz. Deshalb hat sie auch jeder von uns eine SUPERSCHICKE RIESENSONNENBRILLE geschenkt, als wir nach der Schule zu ihr ins Penthouse kamen.

„Nicht dass ihr denkt, wir wären jetzt Freunde oder

so!", hat sie gesagt und dabei ganz ernst geguckt. „Ich will mich nur BEDANKEN für die Sache mit Strunzdoof! Und außerdem könnt ihr auch mal ein bisschen COOLNESS gebrauchen …" Schon klar!

Jo hat natürlich kein Wort von all dem verstanden. Weil sie ja **in der 6c ist** und gar nicht dabei war im Matheunterricht. Dafür hatte sie eine andere voll witzige **IDEE!** Ganz schnell nahm sie sich die Wollmütze vom Kopf, warf ihre schwarzen Haare nach vorne über ihr Gesicht und setzte sich die Brille auf die Nase.

„SICRET SISTAHZ UNDERCOVER!", sagte sie und zog die Mütze wieder auf.

„Du siehst eher aus wie ein Monster aus der Sesamstraße", kicherte Smilla. Hihi.

Monti säuselte: „Mit der Sesamstraße kennt sich Einstein wohl **ziemlich gut aus!**"

„Und ob!", grinste Smilla stolz und warf sich dann auch die Haare nach vorne, um die Sonnenbrille draufzustecken.

Und weil das **SO WITZIG** aussah, machten Nuca und ich auch sofort mit. Mit verschränkten Armen stellten wir uns in eine Reihe und starrten Monti durch unsere HAARFELL-SONNENBRILLEN an. Looky, looky!

Dann gab sie endlich nach.

„Meinetwegen … Auch wenn das ECHT KINDISCH ist!"

Dabei war das alles **kein bisschen** kindisch, sondern **sehr, sehr cool!** Das hat am Ende dann sogar Monti eingesehen und ein VOLL LUSTIGES SELFIE mit ihrem Handy gemacht! Haha!

Erst als wir Angela Merkel draußen auf der Terrasse wiehern hörten, fiel uns wieder ein, warum wir eigentlich hier waren …

Offenbar gefiel es dem Zwergpony auf Montis Terrasse ziemlich gut. Und wen sollte das schon wundern? Ich hätte mein ~~blödes~~ **absolut durchschnittliches** Zimmer auch, ohne mit der Wimper zu zucken, gegen diese LUXUS-GLITZER-TRAUM-TERRASSE hier getauscht … Oh ja!

Jedenfalls schien sich Angela Merkel schon wie zu Hause zu fühlen. Sie hatte nämlich einen GANZ GROßEN HAUFEN PFERDEÄPFEL auf den Boden plumpsen lassen. Und mein Papa sagt im Urlaub immer: „Richtig zu Hause fühlt man sich erst, wenn man irgendwo **sein großes Geschäft** erledigt hat!" (Mama stöhnt dann immer und sagt „**WILLEEEEEM!!!**" – aber ich glaube nur, weil sie nicht will, dass Papa mit uns über sein großes Geschäft redet … Hihi.)

Während Jo und ich die Haufen in einen Eimer schaufelten, begannen Smilla, Nuca und Monti mit der Sicret-Sistahz-Krisensitzung.

Wir hatten Angela Merkel zwar gerettet, aber noch immer keinen blassen Schimmer, wie es jetzt weitergehen sollte.

Monti reichte ernst ihr Handy rum. „Der Zirkus hat Angela Merkel schon **als vermisst gemeldet!** Jetzt wird überall in der Stadt nach dem *gemeinen Ponydieb* gesucht!"

„Gemeiner Ponydieb?", protestierte ich und schleuderte dabei aus Versehen eine ganze Schippe PFERDEÄPFEL übers Terrassengeländer auf den Gehweg runter. Ups …

„Wir sind doch keine Ponydiebe! Wir sind PONYRETTER!"

„Das wissen die anderen aber nicht!", merkte Smilla an. Und damit hatte sie leider recht. Grmpf.

„Ein paar Tage kann das Pony noch hierbleiben", bot Monti großzügig an. „Meine Mama will noch NACH LONDON, bevor sie wieder nach Hause kommt."

Monti tat zwar so, als wäre das VOLL COOL, aber ich merkte trotzdem, dass sie ein bisschen unglücklich war. Und wie!

„Dann machen wir jetzt einen **richtigen Plan,** wie es weitergehen kann", entschied ich und setzte mich mit Jo zu den anderen in den Kreis.

Weil keiner einen Block dabeihatte, zog ich mein MATHEHEFT zum Aufschreiben aus der Tasche.

Da stand ohnehin nichts Wichtiges drin. Oder zumindest nichts, was ich verstanden hätte …

Als ich nach einer freien Seite blätterte, schnappte sich Jo plötzlich mein Heft. „Was ist **DAS** denn?!"

Sie deutete auf die **Skizzen,** die ich gemacht hatte. Die mit den TATTOOS …

Ich verzog trotzig den Mund und schnappte mir mein Heft zurück.

„Das ist nur so ein bisschen *Gekritzel.* Damals wollten wir doch ein Erkennungsmerkmal und uns **tätowieren lassen** und …" Hm.

Irgendwie kam ich mir gerade echt dämlich vor. Weil mich nämlich alle **total dämlich** anstarrten! (Alle außer Smilla, aber die zählte nicht, denn sie kannte die Skizzen ja schon!)

„Ich sag's nur ungern, aber ..." Jo starrte mich **finster** an. Dann grinste sie plötzlich übers ganze Gesicht. „Die sind echt, ECHT COOL!" Wie bitte?!

„Wirklich ...?" Wenn ich einen von Nucas Kaugummis im Mund gehabt hätte, hätte ich mich garantiert daran verschluckt. Trotzdem versuchte ich, jetzt VOLL locker zu bleiben. Dabei tobte ein WIRBELSTURM in mir! Swooooooosh!!!

„Also, sie sind ganz okay. Ich hab nur *ein bisschen rumprobiert* und ..."

„Tätowieren lassen können wir uns trotzdem nicht", sagte Jo jetzt wieder nüchtern und **zerschmetterte damit meinen** Höhenflug. Autsch. „Das geht erst AB ACHTZEHN. Es sei denn, deine Eltern erlauben es."

Meine Eltern? Niemals würden die erlauben, dass ich mich tätowieren lasse. Eher würden die noch erlauben, dass ich

- einen meiner Brüder **auf eBay** verkaufe.
- mir die Haare vom Kopf rasiere und daraus einen PULLOVER für Papa stricke.
- Mathemonsterstrunz heirate. (iiiiiiiieeeeeeh!!!!)
- nach USBEKISTAN auswandere, um dort in einer Höhle zu hausen und einbeinige Schafe zu hüten.

Was ja mal wieder zeigt, dass meine Eltern absolut keine Ahnung haben, was für ein zwölfjähriges Mädchen **WIRKLICH WICHTIG** ist! Wie zum Beispiel:

- ein eigenes Pferd!
- ein eigenes Zimmer!!
- ein eigenes iPhone!!!
- UND: ein Schwesterherzen-Tattoo!!!

„Mann, unsere Eltern haben **echt keinen blassen Schimmer von gar nichts** …", seufzte Smilla. *Aber echt!*

„Das stimmt …", flüsterte Monti und bemerkte dann, dass wir ihren traurigen Unterton mitgekriegt hatten.

„Vermisst du deine Eltern?", hakte ich nach.

„**QUATSCH!** Es ist voll cool, so allein zu sein", sagte Monti.

Aber dann sah sie, wie wir der Reihe nach unsere AUGENBRAUEN in die Höhe zogen, und gab zu: „Na ja. Manchmal vermisse ich sie schon. Ein bisschen …"

„Ich vermisse meine Mama ganz schlimm." Jo erschrak selber, als sie merkte, dass **SIE ES WAR**, die gerade gesprochen hatte.

Nuca tastete sich vorsichtig vor. „Ist sie …?"

„Ich will NICHT darüber reden!", zischte Jo schnell

und guckte uns **ganz finster** an. Aber dann fiel ihr wohl ein, dass wir Schwesterherzen waren, denn auf einmal stieß sie einen ganz, ganz langen Seufzer aus und nickte.

„Vor drei Jahren. Es war ein AUTOUNFALL ..." Oh nein ...

„Seid ihr deshalb umgezogen?", fragte Smilla, aber Jo schüttelte den Kopf.

„Nein. Wir sind **WEGEN MEINER OMA** hergezogen. Sie ist die Mama von meinem Papa und ... na ja, sie ist schon ziemlich alt. Wenn wir ihr nicht helfen würden, müsste sie in ein HEIM."

Während wir alle *sehr, sehr traurig* nickten, sprang Nuca plötzlich auf.

„~~Scheiße!!!~~ MIST!!!" Hä?

Jo runzelte die Stirn. „Sie ist ja noch nicht im Heim ..."

Aber Nuca hörte gar nicht mehr zu. „HELFEN! Ich sollte meiner Mama helfen! Sie hat um vier einen Termin und ich soll **auf Fridolin aufpassen!** Wie spät ist es?"

Monti schielte auf ihr Handy. „Fünf nach vier ..."

„Kacke, kacke, kacke!!!", fluchte Nuca und stolperte auf den Aufzug zu.

„Habt ihr keinen *Babysitter?*", rief Jo ihr hinterher.

Smilla kicherte und blickte zu mir rüber. „Das ist eine ganz, ganz schlechte Frage …"

Ich lächelte gequält. Grmpf.

Und während Nuca nach Hause eilte, erzählte ich den anderen die ganze Geschichte.

Monti und Jo fanden das alles natürlich MEGALUSTIG. Also zumindest die Sache mit dem BART. Nicht die mit den Brüdern!

„Du hast echt das große UNGLÜCKSLOS gezogen", stellte Jo klar. „Gleich **drei Brüder** auf einmal!"

„Und *nicht mal* ein eigenes Zimmer!", fügte Monti hinzu und hielt schockiert die Hände in die Luft, als wäre das VOLL, VOLL UNVORSTELLBAR.

„Deswegen hab ich ja auch die Schwesterherzen ins Leben gerufen! Weil nämlich kein Mädchen auf der ganzen weiten Welt die Ungerechtigkeit ertragen sollte, keine Schwester zu haben!"

Die anderen nickten anerkennend und sogar Angela Merkel schien mir zuzustimmen, denn sie ließ in diesem Moment einen **ULTRAEXTRAGROẞEN** Pferdeapfel fallen. Plumps.

„Ich schlage vor, wir gehen nach Hause und machen

uns Gedanken, wie wir *entweder* die Sache mit dem ZWERGPONY lösen oder den Amigos eins auswischen können!", sagte Smilla und grinste. „Oder am besten gleich beides zusammen!"

* * *

~~KAPITEL 18~~

Der große Verrat

Auf dem Heimweg musste ich irgendwie die ganze Zeit grinsen. Obwohl wir alle so unterschiedlich waren, hatte ich das Gefühl, dass die SCHWESTERNSACHE tatsächlich funktionierte. Yay!

Natürlich war Monti immer noch ~~voll~~ ein bisschen **hochnäsig,** Nuca ~~zu dick~~ etwas **kräftiger gebaut** und Jos **Finsterblick** machte mir ~~voll oft~~ manchmal echt Angst … Aber trotzdem fühlte es sich ~~ganz schön~~ *obermegabrüllergut* an zu wissen, dass jetzt VIER SCHWESTERN hinter mir standen! Hurra!

Zu Hause erwartete mich aber leider erst mal ~~das altbekannte Chaos~~ die BRÜDERHÖLLE!!!

Neo und Luke hatten nämlich neuen AMIGO-SCHLEIM gemacht! Aber das war noch nicht das Schlimmste, nein! Sie hatten den Schleim nicht irgendwo gemacht – sondern IN MEINEM BETT!!! Igitt!!!

„Habt ihr nicht mehr alle Tassen im Schrank?", schrie ich und versuchte, den Schleim von meiner Lieblingsbettwäsche zu kratzen. Die Frage war natürlich ziemlich dämlich, weil ich ja GANZ GENAU wusste, dass meine Brüder **keine einzige Tasse im Schrank** hatten! Nicht mal eine klitzeklitzekleine! Null Komma nix Grips!

Stattdessen lachten sie jetzt, als hätten sie JUCKPULVER verschluckt und hüpften durchs Zimmer wie zwei aufgedrehte Affen.

Und da REICHTE ES MIR! Aber so was von!!!

Deshalb stampfte ich mit zusammengekniffenen Augen in Mamas und Papas Schlafzimmer und schnappte mir Mamas ALLERALLERSCHLIMMSTES STINKEPARFÜM! Das, das nach *rosa Zuckerwatte* riecht mit einem *Hauch von Tannenbaum*. Iiiieks!

Mit dem Parfüm stürmte ich zurück ins Kinderzimmer und ging auf Luke und Neo los! Die beiden wussten natürlich schon, was kommt, als sie die Parfümflasche sahen, und fingen deshalb VOLL HYSTERISCH an zu schreien!

„Nehmt das, ihr SCHLEIMHIRNIS!!!", brüllte ich und nebelte die beiden **eiskalt** ein. Meine beiden ~~voll bekloppten~~ minderintelligenten Brüder sprangen erst über meinen Schreibtisch und rissen dann noch das **Bücherregal** um, bevor sie zur Zimmertür rausstolperten – und dabei VOLLE KANNE IN PAPA REINKRACHTEN! Boing!!!

Papa verlor das Gleichgewicht und knallte **ERST** gegen den Kleiderschrank und **DANN** auf den Boden. Und dabei platzte blöderweise seine supermegaenge Film-Lederhose ...

Und zwar einmal QUER ÜBER DEN GANZEN HINTERN! Raaaaatsch!

Luke und Neo wussten, dass das richtig Ärger geben würde, und deuteten heulend auf mich.

„Bonnie hat uns mit *Mamas Parfüm* gejagt!! Wir können NICHTS DAFÜR!!!" Ja, klar ...

Dummerweise sprach die Beweislage irgendwie gegen mich.

Ich hatte nämlich immer noch das Parfüm in der Hand ...

Und weil Mama es **kein bisschen** gerne sah, wenn ich ungefragt an ihre Sachen ging, und Papa es **kein bisschen** gerne sah, dass seine Lederhose geplatzt war, bekam ICH natürlich mal wieder DEN GANZEN ANSCHISS! Total ungerecht!

Dabei war ich ja nun **wirklich** ÜBERHAUPT NICHT schuld!

Immerhin hatten meine dämlichen Affenbrüder mein ganzes Bett mit ekeligem GLIBBER vollgeschleimt … Grmpf.

Im Flur begann jetzt auch noch unser ~~voll beknacktes~~ angekettetes TELEFON zu klingeln, aber keiner hatte ~~Lust~~ Zeit ranzugehen. Mama war nämlich viel zu sehr mit SCHIMPFEN beschäftigt: „Dafür übernimmst du eine Woche lang den ABWASCH, Bonnie!!!"

Weil ich wusste, dass wir einen ECHT GUTEN Geschirrspüler haben, grinste ich nur und sagte: *„Meinetwegen …"*

Aber das Grinsen verging mir im nächsten Moment wieder, weil Mama nämlich **DEMONSTRATIV** in die Küche stampfte und den Stecker zog. Und zwar den vom GESCHIRRSPÜLER! Boah!!!

Das machte mich dann doch wieder wütend! So wütend sogar, dass diesmal **ICH** herumstampfte – und zwar auf DIREKTEM WEG zur Wohnungstür!

Mit einem **ganz, ganz raketenlauten Knall** fiel die Tür hinter mir ins Schloss! Boom!!!

Jetzt hatte ich es ihnen aber gezeigt!

Blöd war nur, dass ich vergessen hatte, mir meine Schuhe anzuziehen … *Grmpf.*

Also hüpfte ich jetzt auf Socken durchs Treppenhaus nach unten. Vielleicht könnte ich zu Smilla rübergehen …? Da gab es ganz sicher ~~Pizza~~ ~~Schokolade~~ KEIN PFERDEGULASCH, aber dafür eine **Runde Fernsehen.** *Oh ja!*

Doch ich kam gar nicht bis zu Smilla … Denn kaum hatte ich unten die Haustür aufgerissen, bremste irgendjemand mit quietschenden Fahrradreifen ganz knapp vor meinen schuhlosen Füßen ab.

Und dieser jemand war: JO!

„Was machst du denn hier?!"

„Wir haben versucht, dich anzurufen!", zischte Jo und wedelte mit einem Handy rum. „Aber bei euch nimmt keiner ab!" *Woah – JO hatte also auch ein eigenes Handy!*

Im nächsten Moment kam auch Smilla keuchend auf ihrem Rad hinter Jo zum Stillstand.

„ALARMSTUFE TOMATENROT!", sagte sie und japste nach Luft. „Wir müssen schnell zu Nuca und dann **Monti retten!** Am besten du springst hinten bei Jo auf den Gepäckträger!"

Ich verstand nur Bahnhof. Monti retten?

Aber weil Jo so superfinster guckte, setzte ich mich lieber schnell bei ihr hinten aufs Rad und klammerte mich an ihrem Rücken fest.

Während Jo mit einem AFFENTEMPO die Straße runterraste, hakte ich nach. „Vor einer Stunde ging es Monti doch noch ganz gut …?"

Jo keuchte. „Vor einer Stunde hat ja auch noch nicht DIE POLIZEI bei ihr geklingelt!"

„**Polizei?**" Ich verschluckte mich fast am Fahrtwind. „Was will denn die Polizei von ihr?"

„Schminktipps natürlich!" Joana stöhnte und ich konnte praktisch SPÜREN, wie sie die Augen verdrehte. „Die haben irgendwie Wind davon bekommen, dass **das Pony bei ihr oben auf der Terrasse steht!**" Oh ~~Kacke~~ Mist!!!

„Aber … aber … das kann nicht sein!"

„Ist aber so", fauchte Jo. „Monti hat einen Notruf abgesetzt! Die bringen Angela Merkel ins Tierheim und nehmen Monti mit auf die POLIZEIWACHE!"

Im nächsten Moment bremste sie so scharf vor Nucas Haustür, dass ich fast vom Gepäckträger flog.

Ganz, ganz blitzeschnell stürmten wir an die Tür und

klingelten Sturm bei LEIPOLT! Dingdongdingdongding-dong!!!

Es dauerte mindestens eine ~~halbe~~ GANZE EWIGKEIT, bis endlich der **Türsummer** ging. Hastig platzten wir ins Treppenhaus und stürmten ins zweite Stockwerk.

Nuca war mächtig verwirrt, als sie uns sah. Sie hatte Baby Fridolin auf dem Arm und der tat mal wieder das, was er am allerallerbesten konnte: SCHREIEN!

„Du musst mitkommen!!!", brüllte Jo gegen den Lärm an und drängte sich an Nuca vorbei in die Wohnung. „WIR MÜSSEN MONTI HELFEN!"

„Ich … ich kann aber nicht", stotterte Nuca ~~total~~ ein bisschen verwirrt. „Ich muss auf **Fridolin aufpassen** und …"

Smilla rückte sich OBERLEHRERMÄßIG die Brille zurecht. „Ein Schwesterherz ist in Not, Nuca! Da muss man PRIORITÄTEN setzen! Wir nehmen Fridolin einfach mit!"

Nuca wollte protestieren, aber Smilla nickte bereits Jo zu und die schnappte sich eine **Handvoll Windeln** von der Kommode und eine BABYTRAGE. Smilla griff sich die Milchflasche, die auf dem Schuhschrank im Flur stand, und ich hob die WOLKENTASCHE vom Boden, die Nuca auch beim Schulausflug dabeigehabt hatte. Die war nämlich **so obermegagroß**, dass wir ALLES OHNE PROBLEME einpacken konnten! *Jawohl!*

Leider war sie aber nicht nur GROß, sondern auch **ziemlich voll** … Und weil wir jetzt ~~nicht viel~~ ABSOLUT KEINE ZEIT hatten, hielt ich die Tasche einfach schnell kopfüber und schüttete den Inhalt auf den Boden! *Zack!*

Nuca riss erschrocken die Augen auf und wollte irgendwas schreien, aber dafür war es schon zu spät.

Weil wir nämlich plötzlich alle GANZ STILL wurden, als wir sahen, was aus der Tasche auf den Boden fiel.

„Das … das ist Montis Glitzerkleid", stammelte ich. „Und hier ist **mein T-Shirt!**"

Aber das waren nicht die einzigen Sachen, nein. Auf Nucas Flur lagen nämlich ALL UNSERE KLAMOTTEN!

Zumindest DIE Klamotten, die wir beim Schulausflug angehabt hatten!

Die Klamotten, die die AMIGOS uns gestohlen hatten!!! *Oder etwa doch nicht …?*

Smilla, Jo und ich starrten Nuca **fassungslos** an. Selbst Fridolin merkte wohl, dass irgendwas ganz und gar nicht stimmte, denn er hörte ganz plötzlich auf zu schreien.

Smilla pflückte ihr zerknittertes Shirt vom Boden. „DU warst das …?"

Wir konnten das alles kein bisschen fassen.

Sprachlos blickten wir Nuca an. Sie sah so aus, als hätte sie jetzt gerade am liebsten eine **GANZE PACKUNG KAUGUMMI** verschluckt. Oder eine Sahnetorte!

„Ich … ich kann das erklären."

Jo verengte ihre Augen zu sehr, sehr engen Schlitzen.

„Ach ja? Und WIE bitte willst du das erklären? Du hast uns angelogen! Du hast uns glauben lassen, die AMIGOS hätten unsere Klamotten gestohlen! Nur deswegen habe ich überhaupt bei euerm SCHWESTERNDING mitgemacht!!!"

„EBEN!", schrie Nuca zurück. „Genau deshalb hab ich es ja gemacht!" Hä?!

Wir hatten keinen blassen Schimmer, wovon Nuca sprach.

Sie räusperte sich nervös und kaute auf ihrer Unterlippe rum.

„Ihr wolltet ja nicht mitmachen. Ihr wolltet **einfach aufgeben.** Aber ich … ich wollte unbedingt, dass die SCHWESTERHERZEN funktionieren. Und deshalb hab ich gedacht … wenn ihr alle **nur wütend genug** seid auf die AMIGOS, dann … dann könnte es vielleicht doch noch klappen. Ich brauche nämlich **dringend eine Schwester.** Und ihr … ihr braucht uns doch auch …?"

Jo nahm sich fassungslos die Mütze vom Kopf. ***„Ich brauch niemanden, der mich belügt!"*** Sie schnaubte auf. „Woher soll ich wissen, dass DU NICHT AUCH MONTI verraten hast?"

Nuca zuckte irritiert zusammen. „Was ist mit Monti …?"

Ich seufzte. „Irgendjemand hat gepetzt, dass Angela Merkel bei Monti ist. Die Polizei war bei ihr …"

„Das war ich nicht!" Nuca schüttelte panisch den Kopf. „Ich hab nix verraten, das müsst ihr mir glauben!"

Jo schnappte sich ihre Klamotten vom Boden. „Wieso solltet wir dir glauben? Du hast uns **schon mal belogen!!!"** Aber echt!

Smilla blickte Nuca ernst an. „Du hast den Schwur gebrochen, Nuca. Du hast gegen den Ehrenkodex der Sicret Sistahz verstoßen!"

Ich sah sie enttäuscht an. „Du weißt, was das bedeutet, oder?"

„Ich … wollte nur, dass es funktioniert! Ihr … ihr könnt mich doch jetzt nicht rausschmeißen!"

„Rausschmeißen?!" Jo lachte finster auf. „Nein, wir schmeißen dich nicht raus!" Dann stampfte sie auf die Wohnungstür zu und drehte sich im allerletzten Moment noch mal zu uns allen um. **„Die Schwesterherzen sind gestorben."** Autsch!

KAPITEL 19

Eine für alle, alle für …
wen jetzt eigentlich?!

Als Smilla und ich zu Smillas Rad rauskamen, war Jo längst über alle Berge. Mist …

„Jo hat recht. Die Sache funktioniert einfach nicht …", stellte Smilla geknickt fest, während sie sich in den Sattel setzte.

„Nur weil Nuca uns angelogen hat, heißt das nicht, dass der Rest nicht PRIMA FUNKTIONIERT!", protestierte ich.

„Prima funktioniert?" Smilla starrte mich an. „Hast du Frischkäse auf den Augen, Bonnie? Wir haben

→ erstens **ein Pferd geklaut** und

→ zweitens wurde Monti von der POLIZEI abgeführt!

Wenn eine Sache klar ist, dann ja wohl die, dass die SCHWESTERHERZEN nicht funktionieren!"

Und dann trat sie voll wütend in die Pedale und radelte davon.

Und ich schlurfte allein los. Auf Socken … Grmpf.

Auch wenn es die Schwesterherzen jetzt ~~vielleicht~~ nicht mehr gab, konnte ich Monti **nicht einfach im Stich lassen.** Deshalb ging ich auch nicht nach Hause, sondern aufs Polizeirevier.

„Ich möchte gerne melden, dass ich ANGELA MERKEL geklaut habe", sagte ich der Polizistin, die vorne am Empfangstresen stand.

„Bist du sicher, dass du nicht melden wolltest, dass dir **die Schuhe geklaut** wurden?" Sie grinste hinab auf meine schmutzigen Socken. Hm.

Ich schüttelte den Kopf. „Nein. Das PONY VOM ZIRKUS. Das war ICH …"

„Du hast das Pony vom Zirkus geklaut?" Die Polizistin runzelte überrascht die Stirn.

Ich nickte. „Aber nur, weil ich es retten wollte. Es wurde nämlich **ganz, ganz fies geschlagen!** Mit einem Stock und so!" Jawohl!

„Tut mir leid", sagte die Polizistin und lächelte ein bisschen. „Aber du kommst zu spät. Es hat schon ein anderes Mädchen gestanden, das Pony entführt zu haben." Sie winkte mir zu und öffnete eine Tür einen Spaltbreit.

Dahinter saß MONTI an einem Tisch.

Sie sah *ziemlich müde* aus, aber als sie mich entdeckte, blitzten ihre AUGEN auf. Dann deutete sie schnell auf mich und verschloss ganz **supersuperdeutlich** ihren Mund. ***Ich sollte meine Klappe halten?***

Die Polizistin machte die Tür wieder zu.

Ich dachte kurz nach, ob ich auf Monti hören sollte, aber … ich konnte einfach nicht anders. Eine für alle!

„Wir waren das GEMEINSAM. Sie und ich!", sagte ich und deutete auf das Zimmer, in dem Monti saß.

Die Polizistin ging vor mir in die Hocke. „Es ist SEHR NETT, dass du deiner Freundin aus der Patsche helfen willst. Aber sie hat schon **zu Protokoll gegeben**, dass sie das GANZ ALLEINE gemacht hat!" Wie bitte?!

Monti hatte die ganze Schuld auf sich genommen und gesagt, sie hätte *Angela Merkel ganz alleine gestohlen?*

Die Polizistin lächelte mich an. „Keine Sorge, ihr passiert nichts. Wir warten noch auf ihre MUTTER, die sitzt gerade im Flieger. Und dann lassen wir deine Freundin hier raus. Und du, du solltest jetzt auch heimgehen! Deine Eltern machen sich sicher **schon Sorgen** …"

Ich zögerte noch einen Moment und nickte dann.

An der Tür hielt ich noch mal an und drehte mich zur Polizistin.

„Monti ist nicht meine Freundin", sagte ich ernst. „Sie ist meine SCHWESTER." Oh ja.

Und dann ging ich nach Hause.

Am nächsten Morgen kam Monti nicht in die Schule.

Nuca blickte immer wieder verstohlen zu Smilla und mir rüber, aber ich schüttelte nur den Kopf. Und Smilla schaute **gar nicht erst** zu ihr hin …

In der Pause liefen wir JO über den Weg. Aber als wir sie fragten, wie es ihr geht, zischte sie nur „ZIEHT LEINE!" und verschwand wieder. Husch, husch.

Smilla und ich verkrümelten uns **hinter die Fahrradmauer** und ich erzählte Smilla, was gestern Abend auf dem Revier passiert war.

„Monti hat die GANZE SCHULD auf sich genommen?" Smilla konnte es irgendwie genauso wenig glauben wie ich.

Ich nickte. „Eine für alle, alle für …"

„Vergiss es, Bonnie!", unterbrach mich Smilla und klang ~~ein bisschen~~ ziemlich genervt dabei. „Wenn Monti wüsste, was Nuca getan hat, hätte sie uns GARANTIERT

VERPFIFFEN! Die wird die Schwesterherzen genauso begraben wie Jo …"

Vermutlich hatte Smilla recht, ja. Mistekiste …

Dass Monti nun aber den ganzen Ärger bekommen sollte, war trotzdem ~~ein bisschen~~ **voll monstermäßig** ungerecht!

„Nach der Schule fahre ich sie besuchen."

„Wen?" Smilla blickte mich irritiert an.

„Die Königin der Nacht", sagte ich und schüttelte ungläubig den Kopf. „MONTI natürlich! Kommst du mit?"

Smilla seufzte erst – und nickte dann. Ha!

Leider konnten wir nicht mit unseren Fahrrädern zu Monti fahren. Die standen zwar auf dem Schulhof, aber die Sättel waren TOTAL OBERMEGAEKLIG zugeschleimt! Wuäh!!!

Das waren natürlich die AMIGOS gewesen, daran gab es **keinen Zweifel!**

Smilla grummelte vor sich hin und ich grummelte vor mich hin. Aber am meisten grummelten wir nicht, weil die Jungs uns mal wieder **eins ausgewischt** hatten, sondern weil die SCHWESTERHERZEN daran gescheitert waren, ihnen die Ohren lang zu ziehen!

Nein, viel schlimmer noch: Die Schwesterherzen waren AUF GANZER LINIE gescheitert. Und das war wirklich **voll daneben!** Aber so was von!

Monti jedenfalls freute sich ~~schon ein bisschen~~ total oberdoll, als wir an der Tür klingelten.

„Kommt schnell in mein Zimmer! Meine MA telefoniert nämlich mit meinem DÄÄÄÄÄD, das heißt, wir haben ein bisschen Zeit, bevor sie wiederkommt und **rumschimpft.**" Hihi.

Smilla und ich folgten Monti in ihr Zimmer.

„Hast du großen Ärger bekommen?", fragte ich vorsichtig.

„Total MEGAGROßEN", sagte Monti und grinste dabei, als gäbe es nichts Besseres auf der Welt!

Offenbar merkte sie, dass Smilla und ich sie ~~voll monstermäßig~~ ein bisschen irritiert anstarrten, denn plötzlich erzählte sie weiter: „Meine Mama und ich haben uns RICHTIG DOLL gestritten! Aber am Ende hat sie eingesehen, dass das nur passieren konnte, weil sie mich **VIEL ZU OFT ALLEINE** lässt!" Monti strahlte wie die Discokugel unter ihrer Zimmerdecke! Bling, bling.

Dann wurde sie aber plötzlich ernst und verzog das Gesicht. „**Einen Haken** hat die Sache aber noch …"

Smilla und ich runzelten die Stirn.

Monti seufzte. „Angela Merkel! Die Polizei hat sie gefunden, weil die Pferdeäpfel unten auf dem Gehweg lagen …" Wie bitte?!

Plötzlich rutschte mir das Herz in die Hose! Ich schluckte. „Heißt das … **ich bin schuld,** dass sie das Pony entdeckt haben? Weil ICH am Nachmittag aus Versehen den Mist über das Geländer geworfen habe …?" Ich konnte es nicht glauben.

Monti winkte schnell ab. „Darum geht es doch überhaupt nicht, Pudelkopf. Wichtig ist nur, dass sie sie ins Tierheim gebracht haben!"

Smilla kratzte sich unsicher am Kinn. „Immerhin besser als zurück in diesen oberblöden Zirkus …"

Monti seufzte. „Wenn wir **nicht beweisen** können, dass Angela Merkel geschlagen wurde, kommt sie spätestens heute Abend zurück zu ihren Besitzern …" Was?!

Das wurde ja IMMER SCHLIMMER!

Smilla und ich ließen die Köpfe hängen.

Aber Monti stieß uns an. „Hey! Ihr seht ja aus wie SAURE DROPS! Das ist doch ein Klacks für uns Schwesterherzen! Die SICRET SISTAHZ finden schon einen Weg, das Pony zu retten!" Tschaka!

Smilla und ich wechselten einen sehr, sehr unglücklichen Blick miteinander. Offenbar hatte den auch Monti bemerkt, denn plötzlich hockte sie sich zu uns auf den Boden.

„Was ist los?"

Und dann erzählten wir ihr alles.

Von Nuca.

Und von Jo.

Und vom Ende der Schwesterherzen ...

Monti sagte kein Wort, während Smilla und ich sprachen. Wir hatten eigentlich damit gerechnet, dass sie AUSFLIPPEN und Nuca als ROLLMOPS beschimpfen würde, der nichts als die weltallerschlimmste Rache verdient hatte!!! Und wie!!!

Aber nichts davon geschah.

Monti saß einfach eine **ganze Weile nachdenklich** da und nickte dann.

„Also gut. Dann sollten wir jetzt loslegen."

„*Loslegen?* Womit?", fragte ich und sah Smilla verwundert an.

„Na, die Schwesterherzen WIEDER ZU VEREINEN!", sagte Monti und fasste an die Türklinke.

Smilla runzelte die Stirn. „Monti, die Schwesterherzen … gibt es nicht mehr. Hast du nicht zugehört?"

Monti funkelte sie total ernst an. „Doch, ich habe zugehört. Aber ich AKZEPTIERE das nicht! Habt ihr etwa unseren Ehrenkodex vergessen?"

Ich seufzte. „Nuca hat den Ehrenkodex gebrochen. Sie hat uns **angelogen und** …"

„Punkt 3!", unterbrach mich Monti. *„Die Schwesterherzen geben nicht auf, bevor nicht der letzte Strohhalm umgeknickt ist!!"*

„Das ist **Punkt 4**", korrigierte Smilla sie, verstummte aber sofort, als sie Montis Blick sah. Der sagte nämlich ungefähr so viel wie:

Willst du jetzt klugscheißern oder die Schwesternschaft retten?!

„Das, was Nuca getan hat, war doch im Grunde … nur **eine Notlüge!**", sagte Monti schließlich. „Um uns zusammenzuschweißen!" Wie bitte?!

Wir blickten sie ungläubig an.

Monti seufzte. „ICH hätte allen Grund, böse zu sein! Weil ich **den ganzen Ärger** für die Sache mit Angela

Merkel kassiert hab." Sie sah uns an und lächelte. „Aber ich bin nicht böse. Weil es sich nämlich VERDAMMT GUT ANFÜHLT, für eine Schwester den Kopf hinzuhalten! Und weil es sich sogar NOCH VERDAMMT VIEL BESSER anfühlt, überhaupt eine Schwester zu haben!" Monti griff nach unseren Händen. „Das können wir nicht einfach so aufgeben! *Eine für alle, alle für …?*"

„Uns", sagten Smilla und ich gleichzeitig und dann mussten wir lachen.

Monti hatte nämlich recht!

Wir mussten loslegen!

Immerhin galt es, ein Pony zu retten!

Und die AMIGOS in die Hölle zu schicken!!

Weil SCHWESTERN das eben so machten!!! BÄM!

~~KAPITEL 20~~

Ich seh da nur Matsch auf der Linse

Bevor wir Nuca verzeihen konnten, mussten wir die Sache erst mal mit Jo klären.

Ihr Papa sah jedenfalls ziemlich froh aus, als Monti, Smilla und ich in den Tätowierladen platzten.

„Sucht ihr etwa ***meine kleine Prinzessin?***", sagte er und zwinkerte.

Und wir mussten natürlich ~~voll monstermäßig~~ ein bisschen lachen. Weil Jo ungefähr so viel mit einer Prinzessin gemeinsam hatte **wie ein Wüstensalamander mit dem Nordpol**. Nämlich null Komma nix!

„Sie hat heut leider *ein bisschen schlechte Laune …*", flüsterte Jos MUSKELPAPA, als er uns zu ihrem Zimmer führte. „Aber vielleicht könnt ihr sie ja ein bisschen aufheitern!"

„Das können wir ganz sicher!", sagte Monti und lächelte ihn an.

Das Lächeln verging ihr aber **ganz blitzeschnell** wieder, als sie Jos Blick bemerkte!

Die war nämlich kein bisschen begeistert, uns zu sehen! Nicht die Bohne!

„Hab ich mich nicht verständlich genug ausgedrückt? Ihr sollt mich IN RUHE LASSEN!"

„Das können wir leider nicht", sagte ich und fühlte mich ~~ein bisschen~~ **mordsmäßig mutig.** „Schwestern lassen sich nämlich nicht einfach so abschütteln!"

Jo funkelte mich an. „Wir sind aber keine Schwestern mehr! Weil der SCHMATZENDE RIESENKAUGUMMI uns nämlich alle belogen hat!!!"

„Eine Freundin kannst du mit diesem Argument vielleicht loswerden, aber bei einer SCHWESTER funktioniert das ganz sicher nicht!", sagte Smilla und verschränkte die Arme vor der Brust.

„Komm schon, Gruftie Girl", grinste Monti. „Du kannst doch nicht ernsthaft behaupten, dass eine Schwester dein Leben nicht **VOLL VIEL BESSER** macht!"

Jo grummelte. „Doch! Ohne euch Pappnasen war mein Leben *VOLL VIEL BESSER!* Und jetzt solltet ihr gehen! Ich habe GODZILLA nämlich gerade erst beigebracht, wie man zubeißt!" Oha ...

Smilla, Monti und ich seufzten und sahen uns an.

Dann gaben wir uns geschlagen und gingen auf die Tür zu.

Dabei fiel mein Blick auf Jos Schreibtisch. Das waren doch ...?! Und wie!!!

Ich musste grinsen.

Entschlossen drehte ich mich zu Jo um. „Das war gelogen!"

„Was?" Jo starrte mich finster an.

Ich lächelte. „Du hast uns angelogen! Dein Leben war nämlich nicht *voll viel besser* ohne uns! Warum hättest du sonst **DAS** hier machen sollen?" Ich schnappte mir das Blatt Papier, das auf Jos Tisch lag.

Jos Augen weiteten sich erschrocken. Auch Smilla und Monti starrten total überrascht auf die Zeichnungen.

„Sind das ...?"

Ich nickte zufrieden. „Das sind neue Entwürfe für SCHWESTERHERZEN-TATTOOS!" Ich grinste Jo an. „Und die hast DU gemacht! Weil du dir eben doch eine Schwester an deiner Seite wünschst!"

Jo funkelte mich einen Moment lang ~~ganz schön~~ **mördermäßig** böse an und riss mir das Papier aus den

Händen. Aber dann ließ sie die Schultern sinken und seufzte …

Smilla, Monti und ich kamen auf sie zu und legten unsere Arme um sie.

„Es ist okay, sich zu wünschen, **nicht allein zu sein**", tröstete sie Monti. „GEMEINSAM ist das Alleinsein nämlich viel einfacher!" Hä?!

Smilla runzelte die Stirn und wollte gerade einen **oberklugen Klugscheißerspruch** raushauen, aber ich drückte ihr meinen Ellenbogen in die Rippen. Und das verstand sie zum Glück total gut und hielt lieber gleich die Klappe.

„Also, was ist?" Ich stupste Jo an. „Meinst du, wir können Nuca verzeihen?"

„Wir müssen wohl", sagte Jo und lächelte vorsichtig. „Sie ist immerhin unsere Schwester!" Yes!!!

Nuca konnte ihr Glück kaum fassen, als wir gemeinsam bei ihr vor der Tür standen. Wenn sie nicht ~~so furchtbar dick~~ so kräftig gebaut gewesen wäre, wäre sie garantiert wie ein FLUMMI bis an die Decke gesprungen, so glücklich war sie! Jippieh!!!

„Aber in Zukunft lügst du uns nicht mehr an!", drohte

ihr Jo. „Denn sonst stopf ich dich in ein ECHT ENGES GURKENFASS und versenk dich im Schulteich, verstanden?"

Nuca nickte ganz eifrig und drückte sie so fest an sich, dass Jo fast keine Luft mehr bekam.

„Jetzt ist aber mal Schluss mit Freuen", verkündete Monti. „Wir müssen nämlich **Angela Merkel** retten!"

Und damit hatte sie natürlich recht.

Wir brauchten einen Plan!

Einen GUTEN Plan!!

Einen, der beweisen würde, dass das Pony im Zirkus ECHT schlecht behandelt wurde!!!

Aber das Einzige, was uns einfiel, war leider: NULL KOMMA NIX ... Grmpf.

„Kommt schon, strengt euch ein bisschen an!", versuchte Smilla, uns zu motivieren. Und dann deutete sie auf Monti. „Zeig noch mal das SELFIE von uns SICRET SISTAHZ! Das bringt uns bestimmt auf **eine tolle Idee**!"

Monti verzog das Gesicht. „Sorry, aber meine MA hat mein iPhone einkassiert. Als Strafe sozusagen. Wegen der **Sache mit dem Pony** ... Und weil sie meint, eine Zwölfjährige müsste *nicht ständig auf dem Handy rumspielen* ..." Woah!

Typisch Mütter! Die hatten wirklich **keine Ahnung vom Leben**!

Auf jeden Fall konnten wir die Ungerechtigkeit alle sehr, sehr gut verstehen! Monti *brauchte* ihr Handy! Sie musste schließlich **informiert** bleiben. **Erreichbar!** Und sie musste Fotos und Videos machen können für ihren Instagram-Account und …

DAS VIDEO!

Plötzlich fiel mir etwas voll Wichtiges ein! DAS WAR ES!!!

„Du hast doch ein **VIDEO** gemacht! Von diesem oberfiesen Jimmy! Weil du fandest, dass er aussieht wie **Justin Bieber!**"

Monti runzelte die Stirn. „Ja und …?"

Ich grinste. „Nuca hat dich **umgeschubst** und du bist **hingefallen** und dein Handy ist auf den Boden **geplumpst** und dann hast du es wieder **aufgehoben** und …"

Plötzlich ging Monti ein Licht auf. „Und das Video ist WEITERGELAUFEN …!" Sie strahlte mich an.

Jo runzelte die Stirn. „Bist du sicher …?"

Monti nickte ganz, ganz eifrig. „Total sicher! Die Linse war nämlich **ziemlich matschig**, deshalb hab ich erst zu Hause beim Saubermachen gemerkt, dass das Handy IMMER NOCH filmt!" Yay!!!

Smilla grinste. „Das heißt, wir haben ein Video davon, wie dieser Jimmy das PONY schlägt?"

Monti zuckte unsicher mit den Schultern. „Vielleicht zumindest. Wie gesagt: Die Linse war **ziemlich zugematscht** ... Und ich hab mir das Video nicht angesehen. Aber es besteht zumindest die CHANCE!"

So ein Video wäre natürlich der perfekte Beweis dafür, dass Angela Merkel **auf keinen Fall** zurück in den Zirkus durfte! Deswegen stand UNSERE NÄCHSTE MISSION auch ganz klar fest: „Wir holen uns dein Handy zurück, Monti!" Entschlossen hielt ich meine Hand in unseren Kreis. Monti, Nuca, Smilla und Jo stimmten sofort mit ein:

„Eine für alle, alle für mich!"

Erst hatten wir vor, **nachts** über die Dachterrasse ins Penthouse einzusteigen und Monti dabei zu helfen, das Handy aus den Fängen ihrer Mutter zu befreien. Voll superagentenmäßig!

Dann aber kam Nuca mit einem viel, viel besseren Vorschlag.

„Warum fragen wir Montis Mama nicht einfach, ob wir das Handy haben können? Und sagen ihr, dass sich darauf **höchstwahrscheinlich** der Beweis befindet, dass Monti VOLLKOMMEN RECHT HATTE, Angela Merkel zu entführen!" Hm.

Wir dachten einen Moment lang über **alle Vor- und Nachteile** nach und stimmten Nucas Plan dann zu. Mit unseren Superagentenplänen hatten wir nämlich schon genug Chaos angerichtet …

Montis Mama war wirklich **ziemlich elegant!** Und tatsächlich hörte sie uns sehr genau zu, während wir ihr von unserer ABSOLUT HELDENHAFTEN Rettungsaktion erzählten.

Als wir fertig waren, lachte sie trotzdem ungläubig auf …

Monti seufzte und flüsterte uns zu: „*Seht ihr!* Ich hab gleich gesagt, sie glaubt uns nicht!"

Doch ihre Mama hob interessiert die Augenbrauen. „Montana hat recht! **Unter normalen Umständen** würde ich euch kein Wort glauben. *Andererseits:* Unter normalen Umständen hätte auch **KEIN PFERD** auf meiner Dachterrasse gestanden ..."

„Zwergpony, Ma", korrigierte Monti sie. „Angela Merkel ist ein Zwergpony!"

Montis Mama hob ertappt die Hände. „Entschuldigt vielmals! Ich will Angela Merkel **auf keinen Fall unrecht** tun!" Und dann stand sie auf und stöckelte in ihr Schlafzimmer.

Nur ein paar Augenblicke später kam sie mit Montis iPhone zurück.

Monti traute ihren Augen kaum. „Du ... du *hilfst* uns?"

Ihre Mama verschränkte lächelnd die Arme vor der Brust. „Ich glaube ehrlich gesagt, ihr **braucht meine Hilfe gar nicht.** Ihr seid nämlich so schon WIRKLICH BEMERKENSWERTE MÄDCHEN. Ich wünschte, ich hätte damals so tolle Freundinnen gehabt ..."

Monti grinste ungläubig und drückte ihre Mutter dann dankbar an sich. „Wir sind keine Freundinnen, Ma! Wir sind SICRET SISTAHZ!"

Nuca, Smilla, Jo und ich sprangen auf und liefen lachend zum Aufzug. Monti schnappte sich das Handy und eilte hinter uns her. Swooosh!

Schon während der Aufzug nach unten sauste, fanden wir DAS VIDEO in Montis Speicher. Es war zwar tatsächlich mächtig viel Matsch auf der Linse, aber zwischendurch konnte man immer mal ~~ein bisschen~~ GANZ DEUTLICH sehen, wie Jimmy Blödkopf das Pony schlug!

„Deinetwegen haben wir jetzt **den perfekten Beweis!**", freute sich Smilla. *Yes!!!*

Aber Monti grinste nur lässig. „Ich war das ja NICHT ALLEINE. Der kleine Rollmops hier hat mir geholfen!" Sie stupste Nuca ihren spitzen Ellenbogen in die Seite und Nuca stupste zurück. Leider ein bisschen zu doll.

Denn Monti flog **volle Kanne** gegen die Aufzugwand …

„Ups", säuselte Nuca verlegen. „Der *kleine Rollmops* übt noch …"

Jo lachte und half Monti auf. „Keine Sorge, Nuca. Die **Gipsbirne** kann das ab!"

Und bevor Monti protestieren konnte, öffnete sich auch schon die Aufzugtür. *Ready, steady, go!*

Weil Smillas und mein Fahrrad noch immer TOTAL VERSCHLEIMT vor der Schule standen, klemmte ich mich auf Jos Gepäckträger und Smilla sich hinter Monti.

Unser Ziel war: DAS TIERHEIM!

In _alleralleralllerletzter_ Sekunde stürmten wir auf den Hof, auf dem Angela Merkel untergebracht war. Die Mutter von Blödaffe Jimmy war nämlich **gerade dabei,** das Pony wieder in Empfang zu nehmen! Nicht mit uns!!!

„STOOOOOOPP!!!", brüllten Monti, Nuca, Smilla, Jo und ich fast wie aus einem Mund.

„Das Pony darf auf keinen Fall zurück in den Zirkus!" Ich sprang von Jos Gepäckträger, schnappte mir Montis Handy und marschierte VOLL HELDENHAFT auf den Tierpfleger zu.

„Und warum nicht, wenn ich fragen darf?", mischte sich Jimmys Mutter ein und dabei klang sie **fast ein bisschen amüsiert**. „*Angela Merkel* gehört schließlich zur Familie!" Pah!

„Ach ja?", sagte ich und hielt ihr das Handy hin. „Behandelt man SO ETWA seine FAMILIE?"

Jimmys Mutter blickte gemeinsam mit dem Tierpfleger auf das Video, das über den Bildschirm von Montis Handy flackerte.

Der Tierpfleger runzelte die Stirn. „Ich sehe 'ne **Menge Matsch auf der Linse** ..."

Jimmys Mutter heftete ungläubig ihre Augen auf das Display und dann verfinsterte sich ihr Blick plötzlich. „Und ich sehe was, was mir gar nicht gefällt!!!" Wütend funkelte sie mich an. Oje …

Monti, Nuca, Smilla und Jo stellten sich Schulter an Schulter neben mich.

Wenn diese Frau UNS JETZT DAFÜR BESCHIMPFEN wollte, dass wir ihren Sohn gefilmt und ihr Pony entführt hatten, sollte sie ruhig! Wir waren nämlich Schwesterherzen, wir standen nicht alleine da! Eine für alle!!!

Aber als Jimmys Mutter schließlich anfing zu SCHIMPFEN, kam plötzlich alles ganz anders, als wir es erwartet hatten …

~~KAPITEL 21~~

Jimmy macht den Clown

Auf einmal sah es nämlich ~~ein bisschen~~ **voll monstermäßig** so aus, als wäre Jimmys Mutter gar nicht wütend auf uns, sondern auf IHREN SOHN!

„Na warte! Der kann was erleben!“, brüllte sie und schnappte sich Montis Handy. Wie von der Tarantel gestochen stampfte sie davon und ließ den TIERPFLEGER mit Angela Merkel einfach stehen …

„Äh … Und was ist jetzt bitte schön mit dem Pferd?“, murmelte der Pfleger und sah dabei ziemlich verunsichert aus.

„Zwergpony“, korrigierte ihn Jo und rannte gemeinsam mit Monti, Nuca und Smilla hinter Jimmys Mutter her.

„Wir kümmern uns später darum!“, rief ich, bevor auch ich den anderen hinterherlief. Tschaka!

Jimmys Mutter war ziemlich AUẞER RAND UND BAND.

Sie schnaubte wie eine ungeölte Dampflok, während sie zurück zum Osteracker ~~marschierte~~ stampfte.

Kaum hatte sie ihren Sohn auf dem Zirkusplatz entdeckt, hielt sie ihm das Handy unter die Nase.

„Kannst du mir das ERKLÄREN?"

Auf diese Erklärung waren **wir alle sehr gespannt,** deshalb bauten wir uns WIE EINE MAUER hinter Jimmys Mutter auf.

Nur Nuca nicht, die kam nämlich etwas später. Weil sie eben ~~so dick~~ so kräftig gebaut war und unterwegs immer mal *verschnaufen* musste …

Jimmy begann zu stammeln. „Ich … ich wollte …"

Seine Mutter funkelte ihn an. „Wer UM HIMMELS WILLEN hat dir beigebracht, **ein Tier zu schlagen?** Wir sind ZIRKUSLEUTE! Unsere Tiere GEHÖREN ZUR FAMILIE!"

Offenbar war sie wirklich obermegaenttäuscht von ihrem Sohn. Zu recht!

Jimmy senkte den Kopf. Auf einmal sah er kein bisschen mehr aus wie Justin Bieber, sondern eher wie **ein kleiner Dackel,** den man gerade mit einem Eimer Wasser übergossen hatte. Platsch!

„Ich wollte doch nur zeigen, dass ich mehr sein kann als ein *blöder Clown …*"

„Du meinst … in eurer Zirkusshow?“, hakte ich nach.

Jimmy nickte geknickt. „Ich finde den Clown total doof! Ich will auch endlich ein Teil der PFERDESHOW sein. Und da dachte ich … wenn Angela Merkel ein paar Kunststücke lernt, dann kann ich euch überzeugen, mich auch reiten zu lassen!“ Er ließ die Schultern sinken und sah seine Mutter ~~ziemlich~~ **mächtig bedröppelt** an. „Es tut mir leid. Wirklich …“

Offenbar meinte er es ernst. Monti, Nuca, Smilla, Jo und ich starrten ihn trotzdem voll ungläubig an.

„Wann hat denn schon mal jemand was gelernt, indem er Stockschläge bekommen hat?“, fragte ich, weil ich ihm immer noch nicht einfach so verzeihen konnte. Oh nein!

„Wann wurde denn schon mal *ein Problem* gelöst, indem man ES EINFACH BEI NACHT UND NEBEL ENTFÜHRT HAT?“, pfefferte Jimmy trotzig zurück.

Und dazu konnte ich leider nichts Schlaues sagen. Weil er nämlich **blöderweise** echt recht hatte … Grmpf.

„Also gut“, sagte Jimmys Mutter schließlich. „Ich würde vorschlagen, ich koche uns eine HEIßE SCHOKOLADE und dann sprechen wir uns alle in Ruhe aus.“

Und dagegen hatte ausnahmsweise keiner von uns

etwas einzuwenden. Vor allem Nuca nicht. Die war nämlich ECHT hungrig vom langen Weg …

Jimmys Mama, die NATASCHA hieß, konnte fast nicht glauben, was wir ihr jetzt alles erzählten.

„Ihr habt das Pony **auf eine Dachterrasse** gestellt?" Sie kicherte.

„Und dort wurde es nur entdeckt, weil Bonnie die PFERDEÄPFEL übers Geländer gepfeffert hat …", fügte Monti hinzu.

Und da musste sogar Jimmy lachen.

Obwohl der natürlich ABSOLUT KEIN RECHT darauf hatte, hier und heute über irgendetwas zu lachen. *Echt, ey*!!!

Dann wurde Natascha aber wieder ernst. „Ich weiß, es fällt euch vielleicht schwer, das zu glauben, aber: Unseren TIEREN geht es wirklich **sehr gut** bei uns!" Sie warf Jimmy einen vorwurfsvollen Blick zu. „Wenn nicht gerade ein VERWIRRTER OBERCLOWN beweisen will, dass er schon GANZ ERWACHSEN ist!"

Als sie das sagte, wurde Jimmys Gesicht **rot wie ein Pavianpopo.**

Natascha war aber LANGE noch nicht fertig: „Zur

Strafe lasse ich Jimmy NIE WIEDER mit den Pferden arbeiten!" *Oha* …

Und plötzlich hatte ich fast so was wie ein bisschen Mitleid mit Jimmy. NIE WIEDER ist nämlich eine **verdammt lange Zeit.** Vor allem wenn man seinen Fehler eigentlich schon eingesehen hat. Aber das verstehen Mütter einfach ~~nicht so gut~~ kein bisschen … *Seufz.*

Den anderen Schwesterherzen ging es offenbar ähnlich. Denn jetzt mischte sich Nuca ein: „Jimmy hat einen ganz, ganz schlimmen Fehler gemacht, ja. Aber das machen wir doch **alle mal,** oder …?"

„Vielleicht müssen Sie ihm ein bisschen mehr zutrauen", schlug Smilla vor. „Er kann schließlich nicht immer DER BLÖDE CLOWN bleiben!"

Und da stimmten wir alle zu. *Jawohl!*

Es ist doch wirklich immer dasselbe mit ELTERN! Sie wollen, dass wir

- den **Müll** rausbringen
- **Verantwortung** übernehmen
- und den **Abwasch** machen.

Aber sobald es um die wirklich wichtigen Dinge geht, trauen sie uns NULL KOMMA GAR NICHTS zu. *Voll blöd!*

Jimmys Augen jedenfalls flackerten plötzlich **ganz hoffnungsvoll** auf.

„Ich will schon lange kein Clown mehr sein, Mama. Ich will mit den PFERDEN arbeiten! Und ich verspreche auch: Ich werde dafür nie mehr einen Stock benutzen!"

Natascha betrachtete ihren Sohn nachdenklich. Dann seufzte sie.

„Also gut. Ich werde mit *deinem Vater* darüber reden."

Jimmy strahlte, und obwohl wir bis vor Kurzem noch sehr, SEHR BÖSE auf ihn gewesen waren, freuten wir uns nun ein klitzekleines bisschen mit ihm! Yay!

Natascha blickte ihren Sohn aber streng an. „Freu dich nicht zu früh, MEIN FREUND! Erst mal wirst du **wiedergutmachen**, was du unserer Angela angetan hast!" Sie holte tief Luft und grinste. „Drei Wochen PFERDEMIST SCHAUFELN!"

Jimmy riss die Augen auf und wollte protestieren, aber der Blick seiner Mutter war so finster, dass er es lieber gleich bleiben ließ.

Pferdemistschaufeln? Ürgs!

Und plötzlich war ich fast ein bisschen froh, dass ICH als Strafe nur das **Geschirr spülen** musste! (Obwohl das natürlich trotzdem noch voll, VOLL UNGERECHT war!)

So kam es also, dass ich doch kein eigenes Pferd bekam. Und auch KEIN ZWERGPONY. Schade Marmelade …

Gemeinsam mit Jimmy brachten wir Angela Merkel nämlich zurück zum Zirkusplatz.

Das Zwergpony zickte noch ein bisschen rum, bevor es sich von Jimmy führen ließ, aber so gehörte sich das ja auch FÜR EINE DAME, die nicht richtig behandelt worden war! Girl Power! Ätsch!

Auf jeden Fall war Jimmy doch gar nicht so schlimm, wie wir gedacht hatten. Zumindest war er weniger schlimm als die VOLL BEKLOPPTEN AMIGOS.

Monti musste natürlich gleich wieder **total übertreiben.** Sie hat nämlich ständig nur rumgekichert, *wie süüüüüß* Jimmy war und dass er ja *wirklich vooooll aussah wie Justin Bieber!* Bla, bla, blabamba!

Voll süß fand ich jedenfalls ~~ein bisschen~~ monstermäßig übertrieben.

Aber er war zumindest ganz nett …

Er erlaubte nämlich, dass wir uns für den Rest der Zirkuszeit auf dem Osteracker um Angela Merkel kümmern durften! Und das fand ich natürlich schon ~~obermegahammercool~~ ein bisschen cool …

Außerdem gestattete seine Mama ihm, dass er endlich auf einem der Pferde trainieren durfte – und WIR durften ihm dabei helfen! Juchhuuu!!!

Das war zwar immer noch nicht dasselbe wie ein EIGENES PFERD, aber immerhin ein ~~voll großer~~ kleiner Trost.

Und dann kam es sogar **noch besser!** Denn als wir Jimmy von den AMIGOS erzählten, hatte er TOTAL DIE GUTE IDEE, wie wir den Jungs endlich eins auswischen konnten. Ha!

~~KAPITEL 22~~

R.A.C.H.E. für die Amigos!!!

Am Sonntag fand das GROẞE FUẞBALLFINALE statt und die Amigos waren mächtig aufgeregt! Aber sie waren sich auch sehr, SEHR sicher, dass sie **gewinnen** würden.

Es gibt ja ~~ein paar~~ unzählig viele Dinge, die wir Mädchen uns NIEMALS von den Jungs abschauen sollten. Wie zum Beispiel:

- vier Wochen **dieselbe Sportwäsche** tragen! Stinkalarm!!!
- sich erst ungeniert am HINTERN kratzen und hinterher einen Krümel aus 'm Mundwinkel pulen! Würgs!!!
- im Stehen **pinkeln** (ich hab's probiert, geht leider daneben – aber pssst!!!)

Trotzdem gibt es *ein paar Dinge*, die wir uns **sehr wohl** von ihnen abgucken könnten, nämlich:

- immer und immer **zusammenzuhalten**

- sich viel schneller wieder zu vertragen
- daran zu **glauben, dass man immer, immer, IMMER gewinnt,** statt davon auszugehen, dass es wahrscheinlich ~~eher~~ voll schwierig wird …

Die Amigos waren jedenfalls FELSENFEST davon überzeugt, dass sie gewinnen würden.

Deshalb hatten Luke, Neo und Vito auch die **allerbeste Laune,** als wir am Sonntagmorgen alle gemeinsam am Frühstückstisch saßen. Die Jungs verdrückten ein dickes Nutellabrötchen nach dem anderen, während Papa immer noch lustlos auf einer welken Mohrrübe rumkaute und Mama mich SEHR verdächtig anstarrte. Ich saß nämlich einfach nur da und: GRINSTE! Hihi.

Weil ich nämlich GANZ GENAU wusste, was heute passieren würde.

Und meine Brüder nicht.

„Du hast ja **richtig gute Laune** heute, Bonnie. Gibt es irgendetwas, was wir wissen sollten?" *Typisch Mutter!* Kaum hatte man mal gute Laune, witterte sie schon den WELTUNTERGANG … Tss!

„Nichts Wichtiges", flunkerte ich und grinste weiter.

Da mischte sich auf einmal mein bekloppter Zwillingsbruder ein: „Bonnie ist VERKNALLT! In diesen Clown vom Zirkus!“ Was?!

Der hatte doch nicht alle **Latten am Zaun**!!!

Fast wäre ich jetzt doch wieder TOTAL ausgeflippt, aber dann fiel mir ein, dass die Jungs **heute noch** die QUITTUNG für ALLES bekommen würden! Darum schüttelte ich nur lässig den Kopf.

„Da ist Neo leider VOLLKOMMEN falsch informiert. Jimmy interessiert mich nicht. Ich bin nur viel beim Zirkus, weil die diese *supersüßen Ponys* haben. Und IHR wollt mir ja **kein eigenes Pferd** kaufen …“

Und damit war das Thema ganz schnell vom Tisch. Hehe.

Vom Trainingsplan, der bei uns am Kühlschrank hing, wussten wir, dass der ABLAUF für die Amigos an diesem Vormittag folgendermaßen aussah:

* 10.30 Uhr: Treffen vor der Umkleidekabine
* 10.35 Uhr: Strategiebesprechung mit Trainer Axel Schweiß (ich schwöre, der heißt ECHT so!!!)
* 10.40 Uhr: Axel Schweiß schließt den Jungs die Umkleidekabine auf und die Amigos ziehen sich um

* 10.55 Uhr: Aufstellung auf dem Fußballplatz
* 11.00 Uhr: Anstoß!

„Das ist alles ganz schön knapp …", merkte Smilla an, aber wir anderen **grinsten einfach nur.**

„Es klappt auf jeden Fall, wir brauchen ja nur ein paar Minuten!", sprach ich ihr Mut zu und die anderen nickten.

Dann sahen wir Jimmy an.

„Bist du sicher, dass du uns HELFEN willst? Die Amigos haben dir schließlich nichts getan. Und sie werden hinterher MÄCHTIG BÖSE auf dich sein!"

Jimmy grinste. „Das bin ich euch irgendwie schuldig. Außerdem: Wenn der Zirkus nächste Woche weiterzieht, seh ich die KNALLTÜTEN eh nicht wieder. Da können sie so böse sein, wie sie wollen …"

Und damit hatte er auch wieder recht. *Aber so was von!*

Also stand der Plan!

Felsenfest!!

Bevor wir uns auf den Weg zum Bolzplatz machten, legten wir alle unsere Hände aufeinander. Wir wollten gerade unsere Parole sagen, da kam Nuca eine Idee: „Jimmy sollte auch mitmachen."

Monti runzelte die Stirn und flüsterte irritiert: „Aber … er ist doch gar kein Schwesterherz! Er ist ein *Junge!*"

„Wer sagt denn, dass ein Junge keine Schwester gebrauchen kann?", sagte Jo frech und winkte dann Jimmy in unseren Kreis:

„Eine für alle, alle für UNS!"

Und damit hatte sie TOTAL recht! Oh ja!

Rund um den Fußballplatz herrschte schon **helle Aufregung.**

Die Gegnermannschaft hatte ZWEI BUSSE voll mit Fans herangefahren, und auch die Amigos hatten natürlich einen Haufen ~~Fußballidioten~~ Unterstützer mitgebracht.

Es war ein **ziemlich warmer Sommertag.** Puh …

Deshalb waren wir SICRET SISTAHZ auch GANZ SCHÖN froh, dass wir uns noch eine Weile im schattigen Gebüsch seitlich der Umkleide verstecken konnten. Von dort aus konnten wir auch **voll gut** beobachten, was die Amigos taten.

Als der Trainer ihnen pünktlich um 10.40 Uhr endlich

die Kabine aufschloss und die AMIGOS mit ihren ~~dämlichen~~ stinkigen Sportbeuteln hineinströmten, holte Jimmy GANZ tief Luft.

„Seid ihr bereit, Mädels?"

„So was von bereit!", sagte ich und die anderen nickten grinsend.

Und dann ging es los! Yay!

Jimmy sah sich noch mal EXTRABLITZESCHNELL um, dass der Trainer AUCH TATSÄCHLICH verschwunden war – und dann marschierte er **schnurstracks** in die Kabine rein.

Wir Schwesterherzen wussten natürlich, was sich jetzt gleich in der Umkleide abspielen würde:

1. Jimmy würde ganz nervös in die Kabine hüpfen
2. und die AMIGOS bitten, mal ganz, ganz schnell die Toilette in der Umkleide benutzen zu dürfen! Haha!

Einen kurzen Augenblick warteten wir noch ab, aber dann schlichen wir voll **geheimagentenmäßig** aus dem Gebüsch heraus.

Vorsichtig drückten wir uns an die Außenwand der Umkleide und näherten uns der Tür. Pssst!

Und im nächsten Moment hörten wir auch schon

Jimmys aufgeregte Stimme: „JUNGS!!! Da ist 'ne riesengroße MÖRDERSCHLANGE im Klo!!!"

Wir kicherten. Die Arbeit im Zirkus machte sich wirklich bemerkbar, denn Jimmys Stimme klang ECHT **supersuperpanisch** und **obermegaaufgeregt!**

Die Amigos, die gerade erst ihre Hosen ausgezogen hatten, raunten auf.

Ich erkannte die Stimme von Kolja ~~Kacknase~~: „Eine *echte* Schlange? Krass!"

Dann hörten wir, wie die AMIGOS neugierig in die Toilette stürmten.

Und im nächsten Augenblick knallte Jimmy die Tür hinter ihnen ins Schloss und schob eine Bank davor. Yessss!

Der Plan hatte funktioniert! Wir konnten es selbst kaum glauben und deshalb eilten wir jetzt auch ganz supermegaschnell in die Umkleidekabine rein.

Jimmy grinste zufrieden und rieb sich die Hände. „MISSION ERFÜLLT! Jetzt seid ihr dran, Mädels!"

Und wie wir dran waren!

Wir legten **SOFORT** los!

Während IN der Toilette die AMIGOS protestierten und wild gegen die Tür polterten, stopften Nuca und

Smilla ihre FUßBALLSHORTS in die mitgebrachten Taschen.

„Am besten, ihr steckt **auch die Hosen** ein, die sie eben anhatten, sonst laufen sie noch in denen auf den Platz!", schlug Jo vor, und das war TATSÄCHLICH ein verdammt schlauer Vorschlag! Oh ja!

Monti verteilte unterdessen ihre Lippenstifte an Jo und mich und zu dritt schnappten wir uns die weißen Trikots der Amigos. Harrharr!

„Die werden ihr blaues Wunder erleben", kicherte Monti.

„Wohl eher ihr **rotes Wunder!**", verbesserte ich sie lachend und dann begannen wir zu malen.

Es dauerte keine ~~fünf~~ drei Minuten, da waren wir fertig! *Olé olé!*

Die Amigos drohten uns immer wüster aus der Toilette: **„Das werdet ihr bereuen! Lasst uns sofort hier raus!!!"**

Aber wir lachten nur ganz, ganz laut und verschwanden wieder ins Gebüsch hinaus …

Am Spielfeldrand herrschte bereits dichtes Gedränge. Trotzdem sicherten wir uns einen Platz ganz vorne am Zaun, immerhin wollten wir in der ersten Reihe sitzen, wenn die Amigos ihr wichtigstes Spiel bestritten! Hihi.

Als die Jungs um vier Minuten vor elf noch nicht auf dem Platz waren, wurde der Trainer unruhig. Er bat den SCHIEDSRICHTER um fünf Minuten Aufschub und verschwand **in Richtung Umkleide.**

Was dort passierte, konnten wir uns nur ausmalen. Drama, Drama, Baby!!!

Um **kurz nach elf** jedenfalls kam der Trainer zurück auf den Platz und begann, VOLL ENERGISCH mit dem Schiedsrichter zu diskutieren.

Er würde das Spiel doch nicht etwa verschieben, um erst neue Trikots zu besorgen …? Bittebittenicht!!!

Aber nein, der Schiedsrichter und der Trainer des Gegnerteams blieben hart und **deuteten mehrfach auf die Uhr**.

Schließlich ließ Trainer Axel Schweiß die Schultern sinken und nickte.

Und kurz darauf kam er mit den AMIGOS wieder …

Erst ging nur ein RAUNEN durch die Zuschauermenge, aber dann fingen die Leute **GANZ LAUT** an zu lachen.

„Die tragen ja BOXERSHORTS!", gluckste ein kleiner

Junge direkt neben uns. Und seine Mutter schüttelte ungläubig den Kopf.

Viel interessanter war nämlich, was die Amigos ÜBER ihren Shorts trugen.

Nämlich ihre **weißen Trikots!** Die jetzt nicht mehr ganz so weiß waren! Weil knallrote BHs auf Höhe der Brüste daraufgemalt worden waren! Buhahaaaaa!!!!

Die Gegnermannschaft begann LAUTHALS zu grölen.

„Wir haben immer schon gewusst, dass ihr MÄDCHEN seid!", spottete der Mannschaftskapitän und alle Jungs fassten sich lachend an die Brüste!

Dabei lagen sie damit **so was von falsch.**

Nein, die AMIGOS waren keine Mädchen!

Sie hatten diese tomatenroten BHs auf den Trikots, weil sie sich mit uns Mädchen **angelegt hatten!** Und das hier war die QUITTUNG dafür! Haaaa!

Obwohl mich Fußball **nicht die Bohne** interessierte, war dieses Spiel hier ein riesenriesengroßes Vergnügen!

Na ja, die Amigos waren erst mal *nicht so* begeistert – am Ende freuten sie sich aber doch noch, weil sie nämlich HAUSHOCH gewannen! Und das, **obwohl** sie aufgemalte BHs und keine Hosen trugen!

Vielleicht half es ja ein bisschen, dass die **Gegnermannschaft** sich bei diesem Anblick kein bisschen auf den Ball konzentrieren konnte …? Hihi.

Auf jeden Fall waren wir jetzt QUITT.

Und das wussten auch die Amigos.

Und wenn sie nur ein klitzekleines bisschen GRIPS hatten, würden sie uns in Zukunft in Ruhe lassen.

Aber davon konnten wir ja LEIDER nicht ausgehen … Seufz.

Wir Sicret Sistahz hatten jedenfalls gezeigt, dass wir es voll draufhatten – auch wenn wir dafür vielleicht ein bisschen Hilfe in Anspruch genommen hatten …

Aber hey, mal ehrlich: Um Hilfe zu bitten, ist schließlich keine Schwäche, sondern eine **ECHT STARKE STÄRKE!** BÄM!

Ein paar Tage später verabschiedeten wir uns von Jimmy, seiner Mutter und natürlich von Angela Merkel. Sie war jetzt ein sehr zufriedenes Pony, das konnten wir sehen.

Als der letzte Zirkuswagen vom Osteracker gerollt war, räusperte sich Jo auf einmal ganz merkwürdig: „Ich … ich hab noch was für euch … also für UNS“, stammelte sie und wirkte dabei ~~fast ein bisschen~~ **monstermäßig** nervös. Dann zupfte sie ein paar Papierschnipsel aus ihrer Hosentasche und drückte jeder von uns einen in die Hand. Zack, zack, zack.

Und auf einmal verstand ich, dass das IN WIRKLICHKEIT **gar keine Papierschnipsel** waren!

„Sind das … sind das etwa …?" Ich strahlte Jo ungläubig an.

Jo nickte verlegen. „TATTOOS, ja. Für uns Sicret Sistahz." Nervös blickte sie in die sprachlosen Gesichter der anderen. „Also … keine echten natürlich, sondern welche zum ABZIEHEN." Und weil immer noch keine von uns etwas sagte, erklärte sie weiter: „Mein PAPA hat die gemacht und wir können JEDERZEIT NACHSCHUB haben. Nur wenn ihr *wollt* natürlich, wir *müssen* auch nicht …"

Aber weiter kam Jo nicht, denn im nächsten Moment kreischten wir alle auf vor Begeisterung und fielen ihr um den Hals!

„Die sind **SOSOSOSOOOOO COOL!**", lachte ich.

„Jetzt gehören wir für IMMER UND EWIG zusammen!", freute sich Nuca.

Monti runzelte die Stirn. „Na ja, ***für immer und ewig***

ist 'ne verdammt lange Zeit, aber … die sind wirklich ziemlich cool!"

Und dann legten wir die **ABZIEH-HERZEN** gemeinsam auf unsere Handgelenke und machten uns MIT SPUCKE das allererste Tattoo. Yeah!!!

Erst als die Sonne schon fast den Boden berührte, spazierten wir nach Hause.

Ich blickte auf das GEHEIMTATTOO auf meinem Handgelenk und dann zu Nuca, Jo, Monti und Smilla.

Wir waren alle total verschieden.

Und wir waren ganz sicher **nicht immer Freunde!**

Aber von jetzt an waren wir offiziell SCHWESTERN!

Und eins kann ich euch sagen: DAS zu wissen, fühlte sich noch viel, VIEL BESSER an, als ich es mir je erträumt hatte! BÄM!

(Hinweis für meine Eltern: Nur weil ich jetzt eine Handvoll Schwestern habe, heißt das noch lange nicht, dass ich nicht IMMER NOCH ganz dringend ein Handy brauche! Und ein eigenes Zimmer! UND ein Pferd! Basta!)

Astner, Lucy:
Schwesterherzen
Eine für alle, alle für DICH!
ISBN 978 3 522 50611 3

Illustrationen: Nadine Jessler
Einband- und Stickergestaltung sowie Typografie:
Vanessa Weuffel
Innentypografie: Tanja Haaf
Reproduktion: Digitalprint GmbH, Stuttgart
Druck und Bindung: GGP Media GmbH, Pößneck

MIX
Papier aus verantwortungsvollen Quellen
FSC® C014496
FSC www.fsc.org

2. Auflage 2019

EIN TRAUMPFERDESOMMER

Nele Neuhaus

Charlottes Traumpferd

176 Seiten · Gebunden
ISBN 978-3-522-50253-5

Als Charlottes Pflegepferd Gento verkauft wird, ist sie am Boden zerstört. Nie wieder will sie reiten – bis sie auf der französischen Insel Noirmoutier ihr Pferdeparadies findet. So hat Charlotte sich die Ferien gewünscht: Den Strand entlanggaloppieren, mit dem Wind in den Haaren. Und dann begegnet sie ihrem Traumpferd – Won Da Pie. Nur leider ist er völlig verängstigt. Ob Charlotte sein Vertrauen gewinnen und ihn dazu bringen kann, mit ihm das wohl gefährlichste Abenteuer ihres Lebens zu bestehen?

www.planet-verlag.de

PLANET!

BONNIE
SMILLA
JO